KB106519

천공과 파멸

명상 그리고 구도자

천공과 파멸

발행일 2021년 3월 16일

지은이 김광용
펴낸이 손형국
펴낸곳 (주)북랩
편집인 선일영 편집 정두철, 윤성아, 배진용, 김현아, 이예지
디자인 이현수, 한수희, 김민하, 김윤주, 허지혜 제작 박기성, 황동현, 구성우, 권태련
마케팅 김회란, 박진관
출판등록 2004. 12. 1(제2012-000051호)
주소 서울특별시 금천구 가산디지털 1로 168, 우림라이온스밸리 B동 B113~114호, C동 B101호
홈페이지 www.book.co.kr
전화번호 (02)2026-5777 팩스 (02)2026-5747

ISBN 979-11-6539-669-5 03810 (종이책) 979-11-6539-670-1 05810 (전자책)

명 상
그리고
구도자

천공과 파멸

김광용 지음

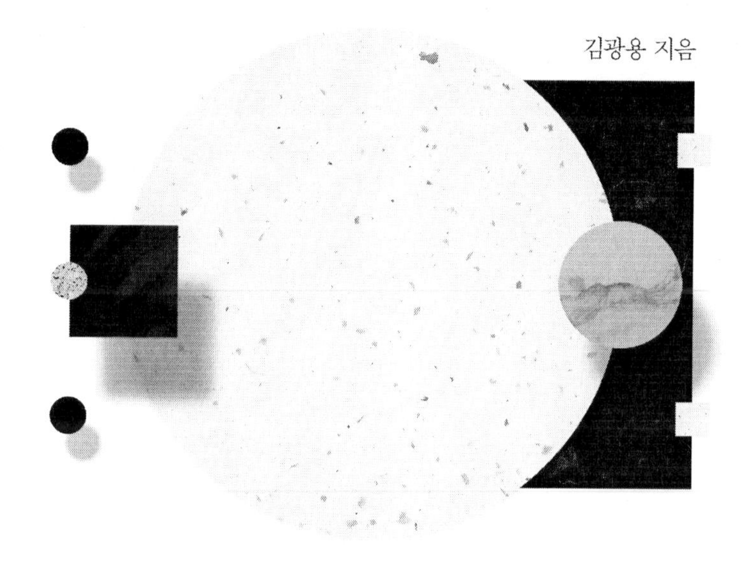

구도란 존재의 깨달음을 위해 노력하는 과정이다
깨어난 존재로서 살아갈 때 자유롭고 행복해진다

북랩book Lab

자유와 도 19

바른길이란? 43

직업의 귀천이 없는 따뜻한 장인정신 48

무도(武道) 55

詩_무도의 오의 57

詩_사랑 61

정신질환의 극복과 바른길 63

詩_깨달음과 유혹 79

췌장암의 치유 - 편견의 타파 81

통일장 이론과 도(道) 86
우주의 창조와 존재 89
다중우주와 통일장이론(끈이론) 90
과학의 발전과 도(道) 92

노래와 도(道) 100

음식과 요리의 오의 107

명상의 바른 자세와 방법 - 무위 111
화두 113
수식관 정신통일 114
묵상기도 115
알아차림(위빠사나) 116
감각명상 117
광명이 가득했을 때 118
내맡김의 함정을 타파하자 120
명상의 자세와 통념의 타파 121
명상의 기술 - 시뮬레이션 123

詩_나무와 아름다움 126

詩_세상의 시 129

詩_존재의 시 130

어둠의 파멸 그리고 빛의 천공 131

면역결핍증(에이즈)의 치유 - 허망함으로 오는 병 136

대장암의 치유 - 편견의 타파 138

詩_아름다운 가치 140

음계와 작곡 그리고 도(道) 142

목소리의 치유 - 바른 자세와 아름다운 목소리 145

詩_아름다움의 자세 147

詩_득음의 오의 148

존재의 초능력 149

정치학과 도(道) 152

정치의 정수 - 채용 155

조직의 부흥 - 인사 157

명상치유 - 통섭적 접근 160
詩_반가사유상 163
詩_바른길의 위대함 164

만성피로의 치유 - 여유와 끈기 166
詩_희망의 날개 169
詩_봄비 170

詩_소중한 삶 173
詩_요가예찬 174

척추디스크 치유 - 편견의 타파 176
루게릭병의 치유 - 세상을 등진 병 178
詩_비움을 위한 비움의 집착 183

부의 불균형의 타파 - 삶의 소명 186
허망한 존재의 타락 190
詩_내가 지켜줄게 193

비가 내린다. 눈물이 흐른다. 눈물인지 빗물인지 모른 채 마음속에도 내리는 비를 바라보았다. 정화되는 느낌이 든다. 빗물이 나를 정화하는 것인가, 눈물이 나를 정화하는 것인가? 의문이다. 어릴 적 운동회로 날아가 본다. 나는 달리기 시합에서 넘어졌다. 너무나 창피했다. 달리기 시합에서 넘어질 수도 있지 않은가? 그런데 초등학생의 나는 왜 그것이 창피했을까? 지금 생각해도 잘 모르겠다. 창피한 마음에 얼른 일어나서 다시 달렸다. 꼴등으로 들어온 나는 달리기를 못하는 것이 또 창피했다. 어린 시절의 나는 생각했다.

'어른이 되어도 나는 어린이들을 이해할 거야! 분명해 왜냐하면 내가 지금 나를 이해하고 있으니까'

그러나 나는 어린 시절의 나를 이해 못 하고 있다. 신기하다. 왜 변하는 것일까? 변화는 세상의 법칙이다. 누구나 변화한다. 존재가 변화하고 세상이 변화한다. 객관적인 통찰이다. 나는 생각에 잠길 새 없이 바구니 터뜨리기 시합으로 넘어갔다. 오재미라고 불리는 공을 힘껏 던졌다. 바구니가 터질 때까지 우리는 힘껏 던졌다. '농자천하지대본' 혹은 '건강한 우리학교' 혹은 '아름다운 대한민국' 등의 글귀가 쫙 펼쳐지면 이기는 게임이다. 나는 오재미를 힘껏 던지는 것이 정말 신났다. 재밌었다. 그때는 전생에 대해 몰랐다. 나는 전생에 야구선수가 아니었을까? 생각을 해본다. 눈물을 멈추고 미소를 지으며 어느새 집에 도착했다.

집에 들어온 나는 샤워를 하고 맑은 정신으로 이불 안에 누웠다. 왠지 슬프다. 비가 내려서 흘린 눈물인가? 왜 계속 슬퍼올까? 이유도 없이 슬픈 이유가 무엇일까? 마음속에서 슬픔이 밀려오는 이유가 있지 않을까? 변해버린 존재가 떠올라서 인가? 잠깐 초등학교로 다녀와서 계속 그런가? 생각해본다. 왜 빗속에서 운 것일까? 나는 명상을 한다. 생각을 멈추고 눈을 감고 정신통일한다. 벌써 10년째이다. 명상을 하는 것이 일상이 되어 앉으나 누우나 명상이 된다. 눈을 감고 명상하다가 갑자기 떠올랐다. 어린 시절의 나를 이해 못하는 나를 통찰해낸 것이 슬픈가보다. 정말 그러한가? 다시 정신통일이 이어진다. 보통 눈앞에 파노라마 같은 것이 아른거린다. 빛의 줄기가 비추기도 하고 은은한 소리가 들리기도 한다. 고운 입자로 변화하는 장면이 나라는 존재의 감각과 함께한다. 명상의 상황은 계속해서 변화한다. 그런 중에 성찰을 하고 통찰을 한다. 슬픔이 제법 잔잔해졌다. 나는 전생에 정말 야구선수였을까? 생각이 든다. 다시 미소를 지으며 명상에 잠겼다.

어제 본 만화의 잔상이 스쳐간다. 무슨 의미일까? 나는 궁금했다. 그물에 걸리지 않는 바람처럼 스치는 잔상을 유유히 인지했다. 몇 초의 시간이 흐르고 이번에는 눈앞의 색깔이 살짝 변화한다. 빨간색에서 노란색으로 변화했다. 몇 분이 지났다. 갑자기 생각이 떠올랐다. 나는 돈을 벌어야 한다는 압박이 몰려왔다. 왜냐하면 집을 사고 차를 사야 하기 때문이다. 나는 열심히 살았는데 왜 모아놓은 돈이 없을까? 남들처럼 차 한 대라도 있어야 하는 거 아닌가? 또 그 생각이다. 역시 상황이 변화한다. 파동이 무거워지며 입자가 조금 세졌다. 화가 난다.

'비교우위에 걸려들지 않아야지, 돈도 중요하지만 중요한 것은 존재의 바른 자세와 바른길을 나아가는 선택이야, 삶에서 언제든 변화할 수 있는 돈의 많고 적음보다는 돈을 대하는 나라는 존재의 자세가 중요해, 그리고 급할 거 없잖아, 천천히 돈 관리를 해가면 되는 거잖아, 역시 잡생각이야, 또 이런 생각이 떠오르는 연유 중 하나는 분명 나의 업으로 인한 무의식적 패턴이잖아, 성찰해야겠어!'

금방 성찰을 해서 정돈시킨다. 세진 입자와 파동이 다시 조용해져 간다. 다시 집중이 된다. 노란색은 어떤 의미일까? 빨간색에서 노란색으로 색이 바뀐 이유가 무엇일까? 다시 그물에 걸리지 않는 바람처럼 유유히 생각을 인지하며 명상이 진행된다. 신비하다. 명상을 하든 안 하든 언제부턴가 신비가 가득하다. 그것이 긍정적이든 조금은 부정적이든 그렇다. 나라는 존재가 변화하고 있는 것이다.

1시간여의 명상을 정리하고 휴대폰을 들었다. 앉아서 하는 명상과 누워서 하는 명상을 반복했다. 휴대폰으로 유튜브 동영상을 감상하기로 했다. 몇몇 구독한 존재들의 동영상이 추천에 뜬다. 나는 주로 피아노와 노래, 기타, 과학, 정치, 생명에 관심이 있다. 오늘은 피아니스타라는 유튜버가 신곡을 올렸다. 쇼팽의 야상곡 20번이다. 안 그래도 쇼팽을 좋아하는 나는 너무나 기대가 되었다. 기대를 조금만 해야 실망도 덜할 거야, 감동도 객관적으로 할 거야, 생각하며 클릭했다. 쇼팽의 야상곡 20번이 울려 퍼진다. 빰 빰, 빠라바라바라바라밤~ 고조되는 패기와 은은한 감성, 흘러가는 야성과 잔잔히 비치는 슬픔이 나를 덮는다. 곡이 끝나고 박수를 쳤다. 역시 피아니스타님이다. 생각했다. 나만 이러한 느낌을 받는가? 같은 음악을 들어도 다양한 느낌들이 함께할 거야, 사람마다 또한 시간과 환경에 따라 다르기도 할 거야. 나는 감동했다. 쇼팽은 정말 멋진 피아니스트 같다.

나라는 존재 안에서 야상곡 20번이 연주된다. 나는 이 야상곡을 입력해 놓은 상태이다. 거의 외우다시피 한 곡이다. 나도 피아노를 잘 칠 수 있다면 어떨까? 나는 어떻게 연주할까? 생각해본다. 피아노를 배우고 싶다. 괜히 설렌다. 피아노 치는 남자 멋지지 않은가? 혼자서 연애하는 상상까지 고작 3초를 넘기지 못했다. 곧바로 고개를 저으며 다른 동영상을 찾았다.

이번엔 정은선이라는 가수의 '어떻게 이별까지 사랑하겠어, 널 사랑하는 거지'라는 커버곡을 찾아냈다. 악동뮤지션의 곡이다. 클릭했다. 감상한다. 목소리가 정말 청량하고 발음이 또박또박하다. 마음이 편안해진다. 명곡에 명가수다. 역시 정은선 님이야, 박수친다. 악동뮤지션 곡 중에 좋은 곡이 많다. 다른 것도 감상해볼까 하다가 나도 노래연습 해봐야겠다 생각한다. 맞다. 나도 노래 꽤 한다. 나쁘지 않게 한다. 대학교 다닐 때 2년간 밴드동아리 활동을 했다. 친구들과 노래방도 자주 다녔고, 혼자서 흥얼거리면서 많이 불러봤다. 정은선 님의 작품을 감상하니 괜히 노래가 하고 싶어졌다. 유튜브의 노래방 동영상을 검색했다. 김광석의 '먼지가 되어'를 선곡했다. 클릭했다. 반주가 울려 퍼진다. '바흐의 선율에 젖은 날에는 잊었던 기억들이 떠오르네요~' 노래를 부른다. 오늘 목 컨디션이 좋다. 고음이 선명하게 올라가며 샤우팅도 잘된다. 시골이라 소음, 방음 걱정이 없는 것이 좋다. 노래를 부르니 왠지 서글퍼졌다. 바흐는 누구일까? 그는 누구길래 이런 명곡에 등장하는가? 바흐는 'G선상의 아리아'라는 곡이 유명하다. 검색해본다. 금세 감상을 끝냈다. 마음이 포근해진다. 명곡 중의 명곡이다. 명곡을 부르고 감상하니 기운이 난다. 마당으로 운동하러 나간다.

비가 그쳤다. 많은 비가 내리지 않아서 청명한 날씨에 시원한 느낌이다. 나는 태극권을 시작했다. 중심을 잡고 천천히 두 손을 움직인다. 왼손의 감각과 오른손의 감각이 균형을 이루어야 한다. 기운과 흐름을 통찰하며 한 폭의 수채화를 그려본다. 눈에 송기가 솟아난다. 몸의 조화가 좋아지는 느낌이 든다. 태극권을 한 수 펼친 후 파쇄권으로 넘어간다. 주먹을 살짝 쥐고 파쇄한다. 눈에 패기가 스민다. 왼 주먹으로 한번 오른 주먹으로 한번 다시 손을 펴서 두 번, 그리고 방향을 틀며 중심을 잡는다. 주먹과 장을 여러 번 펼친 후 발차기를 해본다. 너무 높지도 낮지도 않게 여러 번 천천히 차본다. 옆으로 한 바퀴 돌아본다. 항상 하는 나의 무예는 '무극연무도'이다. 내가 이름을 붙였다. 멋진 이름이다. 무도의 이름에 부응하기 위해 더욱 노력한다. 마루에 지나가던 아버지께서 한마디 하신다.

"오늘은 무에가 부드럽구나, 마음이 정돈됐나 보구나," 하셨다.

날이 밝았다. 고추를 따는 날이다. 아침 식사 후 부모님과 고추밭으로 갔다. 비닐하우스 안에 고추밭을 조성해 놓았다. 빨갛게 익은 고추를 수확해야 한다. 초록색이나 아직 덜 익은 고추를 수확하면 안 된다. 고추가 빨갛게 익기 위해 많은 노력과 인내가 필요하다. 고추씨를 사서 모종을 키운 다음에 포트에 1그루씩 옮겨 심는다. 다시 자라난 고추를 1그루씩 비닐을 씌워놓은 땅에 옮겨 심는다. 비닐하우스도 좋고 들판의 밭도 좋다. 그리고 지지대로 고추를 지지해주어야 한다. 고추가 자라는 시기에 맞추어서 나일론 끈으로 여러 번 고추를 고정해준다. 잎을 관리해 주기도 해야 하며, 풀이 자라면 뽑아줘야 한다. 또한 들판의 고추는 덮개를 했다가 제거해줘야 한다. 탄저병이나 응애병이 들지 않도록 농약을 적절히 뿌려줘야 한다. 특히 고추를 재배하는 존재의 사랑하는 마음이 중요하다. 고추도 생명이라 사랑하는 마음이 있는 존재가 재배하는 고추는 빛이 난다. 맛있고 탄력 있다. 그것을 농부는 알아야 한다. 그래야 정성껏 이런저런 작업을 할 수 있는 것이다. 여러 작업이 지난 후에 빨갛게 익은 고추는 농부와 자연의 정성과 사랑으로 수확해줘야 한다. 나는 고추를 정성스레 수확한다. 썩은 고추를 보면 마음이 아프기도 하지만 잘 익은 고추를 수확할 때 힘이 들더라도 정성스러운 손길로 수확한다. 부모님의 속도보다 느리긴 하다. 분발해야겠다. 10시쯤이 되면 새참을 먹고 다시 수확한다. 오늘은 오전에 1회 수확이 끝날 듯 보였는데 아무래도 오후에도 수확을 해야겠다 싶다. 점심을 먹으러 간다. 부모님께서 정성껏 수확하신 고추에서 빛이 난다. 내가 수확한 고추도 빛이 난다. 뿌듯하다.

점심에는 어머니께서 제육볶음에 상추쌈을 요리해주셨다. 아버지와 어머니는 고기보다 생선을 좋아하시지만 맛있게 드셨다. 할머니와 나는 돼지고기를 좋아한다. 너무 배부르면 오후 작업에 무리가 갈 수 있으니 맛있게 적당히 먹었다. 감사하고 겸손한 마음으로 정성껏 준비해준 음식을 대했다. 나는 명상가이다. 도사이다. 이런 것들은 기본이다. 기본이며 어렵다. 너무 완벽하려 하지 않아야 한다. 과유불급이다. 제육볶음이 맛있다고 맛있게 잘 먹었다고 말했다. 할머니와 아버지, 어머니께서도 잘 먹었다고 하셨다. 다들 웃었다. 설거지를 내가 했다. 기름기가 있는 접시는 세제를 조금 더 투여해서 닦았다. 조심히 소리가 크게 나지 않게 설거지 했다. 햇볕이 나는 점심이다. 마당에서 잠시 앉았다. 의자에 앉은 나는 따뜻한 햇볕과 함께 눈을 감았다.

선선한 바람이 분다. 명상에 들었다. 몸의 감각이 안락했다. 잡생각은 별로 없다. 오후에 고추 수확할 생각을 하며 잠시간의 명상을 마치고 방에 들어가 잠깐 낮잠에 들었다. 일어나서 다시 고추밭으로 향했다. 할머니께서도 고추를 수확하고 싶어 하셨지만 허리가 안 좋아서 집에 계시기로 했다.

오후에는 조금 남은 고추를 수확하고 농약을 할 예정이다. 고추 한번 수확하고 나서 농약을 해주면 탄저병이나 응애병이 들 확률이 줄어든다. 너무 강도 높은 농약은 안 된다. 적당한 농약을 해야 한다. 수확을 마친 고추는 지하수로 깨끗이 씻어준다. 농약이 씻겨야 깨끗해지기 때문이다. 고추를 수확한다. 오후에도 날씨는 맑았다. 고추를 수확하며 생각을 했다. 명상을 할 때 고추가 익은 장면이 스친다. 빛의 모양으로 고추가 그려진다. 그것의 의미가 무엇일까? 생각했다. 역시 명상이다. 명상이 재밌는 나는 명상 생각이 주를 이룬다. 구도이다. 도 닦는다고 한다. 고추 익은 장면에 대한 가설을 몇 가지 세웠다. 객관적 가능성을 고려한다. 고추가 일종의 능력이다. 정화의 능력인가 혹은 창조의 능력인가? 소멸과 재생의 알림일까? 마니주가 아닐까? 생각해본다. 마니주란 명상하는 존재가 이루어내는 실현이다. 마니주가 만들어진다는 것은 명상하는 존재의 무위에 실현가능성을 더한다는 의미이다. 왜 실현가능성인가? 마니주가 감각주로 일컬어지기도 한다. 감각이 세밀해지고 연밀해져 상황에 전문성이 가해진다는 뜻이다. 그렇게 실현가능성이 더해진다. 정확히 고추나 여타 열매 혹은 야채 등의 장면이 스치는 것이 마니주라는 것을 객관적 가능성을 고려하며 알아냈다. 그 생각을 했을 때 통찰이 탁 트였기 때문이다. 그래도 언어도단, 불립문자라 하지 않았는가? 고추 장면과 마니주에 대한 상을 그리지 않기로 한다. 고추를 다 수확하고 쉬었다가 석양이 질 무렵 농약을 칠 준비를 한다. 아버지, 어머니와 경운기를 가져와 물통에 물을 붓고 농약을 섞는다. 살충제와 영양제이다. 농약 기술이 발달하여 예전처럼 독하지 않다. 적절한 농약 농도와 양을 맞추고 고추밭에 농약을 한다. 아버지께서 살포하시고 어머니와 나는 줄을 잡는다. 비닐하우스와 들판의 고추 조금, 딸기모종까지 농약을 살포하고 끝맺었다. 일과를 마쳤다. 샤워를 한다.

요즘 글 쓰는 데에 집중하여 몇 가지 글을 완성했다. 그래서 카페를 개설하여 글을 올리기로 한다. 나는 카페 이름을 생각하다가 '한지명상클리닉'이라고 이름을 정했다. 카페를 개설하고, 게시판 목록을 정리한다. '구도자, 명상, 치유와 건강, 만류귀종, 원장의 구도시, 질문과 답변 그리고 자유글, 다양한 사진과 그림들'로 게시판을 구성했다. 먼저 얼마 전에 완성한 '자유와 도'라는 글의 전문을 카페에 실었다. 자유와 도에 관하여 '첫 번째 선택, 내려놓음, 오만의 타파, 통렬함, 운동과 통찰, 지혜, 사람의 작용과 질서, 묘한 촉감과 묘한 작용, 얼마나 갔을까?, 스스로 일어남, 문제의 해결, 지금 이 순간, 변화의 수용, 바른 자세와 신념, 명상의 방법-무위, 명상의 방법-중용지도, 명상의 방법-맹목적 시야의 타파, 비교우위의 타파, 시련과 변고의 해결, 득도와 엄청난 변화, 자유에 대한 확신, 업(Karma), 아름다운 삶, 초능력, 운명과 업, 운명과 전생, 죄와 업, 삶의 소명(Darma), 사명, 사람의 작용과 신비, 아름다운 죽음, 윤회와 환생, 삶의 소중함, 존재의 가능성, 본질의 나, 겸손과 용기, 욕심을 버려야 한다'라는 내용의 글이다.

자유와 도

자유란 무엇인가? 정신적 자유와 물질적 자유로 나누는 것은 고전적이다. 자유란 존재의 총체적 자유로움을 말한다. 그렇다면 정신적 자유와 물질적 자유 말고 무엇이 있을까? 바로 상대적 자유이다. 물질적 조건이 동등하더라도 정신적 자유에 따라서 느끼는 자유도가 달라지고, 정신적 조건이 비슷하더라도 물질적 자유에 따라서 느끼는 자유도가 달라진다. 곧 자유는 마음자세에 따라 상대적이라는 의미이다. 자유는 존재의 총체적 성장과 완성에 따른 보상이자 대가이다. 그렇다면 존재의 총체적 성장과 완성이란 무엇인가? 존재는 아름다움 곧, 완성을 향해간다. 그 끝이 없는 여정을 가늠하기가 어렵겠지만 얼마만큼 갔는지 그 객관적 상황은 분명 존재한다.

존재의 총체적 성장과 완성을 위해서는 수행과 단련을 해야 한다. 존재의 수행 곧, 구도이다. 구도란 도를 구한다는 것을 의미한다. 도라고 해서 사이비나 종교단체를 쉽게 생각할 수 있지만 그것보다는 스스로 일어나서 삶의 가치를 향해, 아름다운 삶을 향해 나아가는 것을 말한다. 마음을 가다듬고 성찰하며 단련해 나긴다. 건강 또한 가꾸어간다. 진리와 함께 스스로 일어나 삶의 가치를 향해간다. 아름다운 삶을 향해간다. 그것이 구도이다. 반복해서 말할 만큼 중요한 개념이다. 그렇다면 우리는 삶의 가치와 아름다운 삶을 향한 존재의 성장방법론을 다루며 진리를 통찰하는 자세를 배워야 한다. 그리고 실천에 옮겨야 한다. 존재의 수행 곧, 구도이다

① 자유를 느끼는 '나'라는 존재는 어디에 있는가? 분명 존재하는데 육신에 있는 영혼인가? 뇌의 시냅스에 의한 의식인가? 질문해볼 법하다. 그러나 그런 질문은 꼬리에 꼬리를 물 뿐이다. '나'라는 존재는 존재하지만 변화한다. 그것이 객관적 통찰이다. '나'라는 존재는 성장할 수도 있지만 반대로 역경과 고난에 무너질 확률도 있다. 그렇다면 '나'라는 존재보다 중요한 것은 삶의 방향을 선택하는 '나'의 자세일 것이다. 역시 객관적 통찰이다. '[나]라는 존재는 존재의 성장과 아름다움, 완성을 향해 어떤 어려움에도 굴하지 않고 바른 선택을 하고, 바른 길로 나아갈 것이다'라고 선택해야 한다. 그것이 첫 번째이다. 그와 동시에 존재의 성장과 완성의 가치를 깨달아갈 수 있을 것이다.

② '나'라는 존재의 선택을 했으면 삶에서 '나'라는 존재를 너무 내세우지 말고 그것을 내려놓아야 함을 발견해야 한다. 우리는 모든 집착과 번뇌가 '나'라는 집착에서 온다는 것을 깨달을 수 있다. '나'의 안위, '나'의 이익, '나'의 것 등 모든 활동의 중심이 '나'로 잡혀있으면 자유에서 멀어짐을 알 수 있다. 과감하게 '나'라는 존재를 내려놓아야 한다. 용기이다. 어떻게 할 게 별로 없다. '나'라는 존재를 내려놓고 더 큰 의미의 존

재에 대한 깨달음을 향해야겠다고 마음먹으면 된다. 실행해 보자. 어떠한가? 바로 알 수 있는 것이 바로 우리 존재이다.

③ 오만하지 않아야 한다. 소크라테스는 말했다. "내가 확실히 아는 한 가지는 내가 모른다는 것이다." 나는 모른다는 것을 인정해야 한다. 겸손이며 객관적 통찰의 시작이다. 이 세상과 존재에는 내가 모르는 것들이 많다. 그것을 통찰해야 더 큰 깨달음이 오는 것이다. 잔을 비워야 새로운 물을 채울 수 있다. 마음을, 스스로를 비워야 한다. 스스로를 비우려면 객관적으로 스스로를 볼 수 있어야 한다. 아무런 그물망 없이 나를 통렬하게 꿰뚫을 수 있어야 한다. 그것이 또 겸손과 연결된다. 마음의 작용은 이렇게 유기적이다. 객관적으로 스스로를 보면 무엇을 비워야 할지 알게 된다. 대다수는 욕심과 원망이다.

④ 어떻게 이런 것들이 가능하지? 같은 의문을 가져야 한다. 글을 읽을 때도 저자와 독자의 입장에서 글을 볼 줄 알아야 한다. 매우 통렬해야 한다. 나는 누구인가? 바로 대답할 수 있으면 득도이다. 나는 누구인가? '나는 아무개이다'라고만 대답하면 그것이 정답인가? 아니다. '나는 아무개이다'

라고 대답하며 그 안에 깨달음을 담아야 한다. 그것이 무엇인가? 바로 언어도단. 불립문자, 직지인심이다. 모든 것은 유기적이다. 곧바로 직관적으로 통렬하게 깨달음이 전달된다. 사람의 도리를 담고, 온 세상의 무한한 지혜를 담을 수 있으면 그는 이미 깨달은 존재이다.

⑤ 일어나서 운동을 하면 건강해진다. 일어나서 성찰하면 건강해진다. 사람의 작용이다. 건강이 왜 존재하는지 눈치채야 한다. 건강하면 할수록 자유와 가까워진다. 언제나 시작이 어렵다. 시작이 반이라는 말이 괜히 있는 것이 아니다. 일단 지금 시작해보자. 바로 알 수 있다. 왜 알 수 있는가? 사람의 작용이다. 통찰과 지혜가 쌓여가는 원리를 운동하며 깨닫고 실행해보자. 삶의 바른 자세를 갖추고 운동을 하면 할수록 몸과 마음이 가벼워지고 머리가 시원할 만큼 지혜로워질 것이다.

⑥ 언제나 일어나는 작용이 있는가? 사람의 작용이다. 사람은 온 세상의 질서와 함께한다. 그것이 진리이며 도(道)이다. 사람의 모습을 했다고 사람이 아니다. 사람답게 살려는 선택을 한 자만이 사람이다. 올바르지 못한 길을 선택한 존

재는 무너지고 시련을 겪으며 다시 바른길로 향해야 한다. 바로 존재의 성장과 완성을 향한 온 세상의 질서 때문이다. 질서는 어디에서 어디로 향하는가? 질서는 과연 존재에게 영향을 끼치는가? 고민할 필요도 없다. 마음을, 스스로를 내려놓아 보라. 그 즉시 질서에 대해 느낄 수 있다.

⑦ 달마대사는 말했다. 일체 마음을 전부 내려놓으면 큰 강의 흐르는 물처럼 무수한 묘한 촉감과 묘한 작용이 일어날 것이라고 했다. 그것이 무엇인가? 바로 컨디션에 따라 나타나는 느낌이다. 컨디션에 따라 몸의 느낌이 변화한다. 그것을 잘 살펴보면 바른길을 선택하고 노력했을 때 느낌이 좋아지고 풍부해지며 무궁무진해진다. 물론 어리석은 길로 가면 느낌이 이상해진다. 일반적으로 촉이라 부르지만 촉이 다는 아니다. 신비한 작용이 무궁무진하다. 또한 묘한 촉감과 작용은 객관적이어야 한다. 함부로 속단하지 말고 계속해서 노력하며 살펴보아야 한다. 물론 묘한 촉감과 묘한 작용에 집착하지는 말아야 한다.

⑧ 얼마나 갔을까? 과연 그것을 알 수 있을까? 알 수 있는 지표가 있다. 바로 삶의 가치와 아름다운 삶에 대해 얼마나

깨달았는가 살펴보면 된다. 삶의 가치는 논리로 알 수 있는 것이 아니다. 논리를 벗어나야 한다. 온 세상의 지혜를 통찰해 내야 한다. 너무 어려운가? 그렇다. 쉬운 것이 아니다. 어디 득도가 쉬운가? 올바른 선택으로 계속해서 삶을 개척해 나아가야 한다. 그러다가 언젠가 문득 깨닫게 될 것이다. 그것은 사람의 작용이며 온 세상의 질서이다. 확실하다. 한번 믿어보기 바란다. 안 믿어서 손해 볼 것이 하나도 없는 진리이다.

⑨ 책을 많이 본다고 지식이 느는가? 스스로 책을 읽고 성찰하며 통찰해내야 지식이 늘고 지혜가 생긴다. 자유도 마찬가지다. 스스로 노력해야 한다. 남이 도와주는 것은 한계가 있다. 물론 좋은 스승을 만나면 빠른 시간에 사람의 작용이 활발해져 바른 깨달음을 얻을 가능성이 높아진다. 좋은 스승이란 누구인가? 스스로 비판할 능력을 가진 스승이다. 스승도 틀릴 수 있다. 그것을 알고 항상 겸손하지만 자신감 있는 스승을 분별하는 통찰력을 가져야 좋은 스승을 만날 수 있다. 스스로를 비판할 수 있는 능력이란 누구나 마찬가지로 유념해야 한다. 통렬하게 꿰뚫을 수 있어야 한다고 하지 않았는가? 용기를 가져야 한다. 이기적인

자신의 집착을 내려놓을 수 있어야 한다.

⑩ 문제가 생길 수 있다. 해결할 수 있는 능력이란 어디에서 오는가? 인내와 끈기이다. 인내와 끈기가 있는 자는 계속해서 노력하여 문제를 통찰하고 해결책을 찾아낸다. 인내와 끈기가 없는 자는 쉽게 패배주의에 빠져든다. 할 수 없다고 느끼는 순간 그것이 진짜 마음이라 착각해버린다. 우리는 논리를 벗어나면 무엇이든 할 수 있는 능력이 있는 사람이다. 물론 바른 선택을 하고 바른길로 가는 자에게 통용되는 능력이다. 조급하지 않으면 그 자체로 이미 한 걸음 나아간 것이다.

⑪ 앞으로 일어날 일을 미리 예상하기보다 지금 이 순간에 최선을 다해야 한다. 성급히 알려고 해봐야 많은 변수들을 생각할 뿐이다. 통렬하게 예측되는 것은 대개가 최선을 다하는 순간에 오는 직관적 능력이다. 그것을 알아야 한다. 걱정만 하기보다는 시작을 해야 하며 미래를 디자인하기보다는 통렬하게 예측하는 순간을 기다려야 한다. 이것은 받아들이기 쉬운 말이 아님을 안다. 하지만 잘 생각해보라. 논리는 생각을 동반한다. 생각만으로는 대개의 일들이 안

되게 되어있다. 사람의 작용으로 통렬하게 예측되는 직관적 능력을 그냥 믿어보자. 잘 살펴보면 손해 볼 것이 하나도 없는 말이다.

⑫ 변화를 수용할 줄 알아야 한다. 세상 모든 존재는 변화한다. 변화는 세상의 진리이다. 변화하는 존재를 거부하면 부작용이 생긴다. 좋고 나쁨을 떠나서 존재는 시간의 변화 속에서 계속해서 변화한다. 왜 변화하는가? 바로 성장이다. 대자연이 끊임없이 성장을 채찍질한다. 절대신이 있다면 그가 채찍질한다. 절대신은 곧 진리이다. 진리와 함께하는 삶을 살아가면 존재는 성장과 가치를 동시에 품을 수 있을 것이다.

⑬ 언제나 함께하는 신념이 있어야 한다. 바로 따뜻한 마음, 인간적인 사랑, 삶의 지혜를 계속해서 가꾸어 나가야겠다는 신념이다. 마음을 내려놓고, 스스로를 내려놓으면 곧바로 따뜻한 마음, 인간적인 사랑, 삶의 지혜를 끊임없이 가꾸어 나갈 수 있게 변화한다. 왜 그러는지 점차 알아가게 된다. 깨달음으로 향해간다. 존재는 스스로 일어나서 나아갈 때 깨달음으로 한 걸음 더 가까워진다. 스스로를 내려

놓고, 마음을 내려놓아야 한다. 앞서 언급했듯이 간단한 일이다. 그것을 실행하여 잘못될 것이 하나도 없다.

⑭ 명상은 어떻게 해야 하는가? 어떤 방법이든 무위로 가면 된다. 화두나 수식관정신통일, 묵상기도, 알아차림, 호흡과 감각관찰 등 어떤 방법이든 무위로 가면 된다. 무위란 본래 그러함을 의미한다. 마음을, 스스로를 내려놓으면 어떤 방법이든 저절로 그러하게 명상이 진행될 것이다. 하지만 염두에 둬야 할 것이 있다. 내 명상법이 과연 맞을까? 계속 의문을 품어야 한다. 명상법보다는 마음자세가 정답이기 때문이다. 구도자의 기본자세로 그리고 삶의 가치를 실현해 나가면서 계속 명상의 자세가 옳은 길을 향하고 있나 의문을 품어야 한다. 핵심이다. 바른길. 바른길만 가야 한다. 조급하게 속성법을 찾는다든가 내가 하는 명상법만 주창하면 오만에 빠져들게 되어있다. 오만에 걸려들면 엄청난 시련과 변고가 올 수 있으니 주의해야 한다. 바른길로 가면 축복과 법력이 찾아오게 되어있다.

⑮ 명상할 때는 집착하여 구하지 아니하며, 의존하지 아니하며, 상相을 그리지 아니해야 한다. 득도를 하기 위해 명상

을 하지만 그것에 집착하지 않는 정신통일을 해야 한다. 원하는 것에 집착하지 않아야 한다는 말이다. 내맡김 또한 아니다. 중용지도이다. 스스로 일어나서 바른길로 나아가야 하며 의존하지 않아야 한다. 또한 상을 그리지 않아야 한다. 불경 중 금강경에 따르면 아상, 인상, 중생상, 수자상, 법상, 비법상을 그리지 않아야 한다고 피력한다. 스스로에 대한 상, 사람에 대한 상, 사람들에 대한 상, 생명에 대한 상, 진리의 상, 진리가 아니라는 상을 그리지 않아야 한다. 특히 명상의 과정이나 결과에 대한 상을 그리지 않아야 한다. 곧 겸손과 용기이다. 그러한 상을 그리면 명상이 옆길로 새곤 한다. 주의해야 한다.

⑯ 맹목적인 시야에 걸려들지 않아야 한다. 맹목적인 시야에 걸려들면 아무것도 할 수 없을 정도로 생각이 멍해진다. 무기공, 악혜공, 단멸공이라고 표현하기도 한다. 특히 공이 최고라고 아무것도 없고 텅 비어있음을 추종만 하는 악혜공은 치명적인 오류이다. 맹목적인 시야에 걸려들면 화두에 들 때 한 가지 생각에만 몰두하게 된다. 화두도 정신통일이다. 명상은 곧 정신통일이라고 봐도 과언이 아니다. 정신통일을 할 때 대자연이 올바른 길로 존재를 인도할 것이

다. 이것이 곧 무위이다.

⑰ 남을 시기하거나 질투하지 않아야 한다. 시기하거나 질투하는 마음은 나의 진면목이 아니니다. 서로가 서로를 품어주고 감싸 안아줘야 한다. 내가 더 위야 내가 더 아래야 하며 비교우위에 걸려들지 않아야 한다는 말이다. 승부지상주의는 우리의 심장을 막는다. 사람은 서로 북돋아 주며 함께 나아가야 한다. 물론 스스로 일어나서 함께 나아가야 한다. 이것은 매우 중요한 구도의 자세이다. 남을 짓밟으려는 복수심이나 내가 꼭 이겨서 기를 꺾어줘야지 하는 삿된 마음은 구도를 방해할뿐더러 시련과 변고를 부를 수 있다. 유념해야 한다.

⑱ 시련과 변고가 오더라도 당황하지 않아야 한다. 대자연은 스스로 이겨낼 수 있는 만큼의 시련과 변고를 부여한다. 과연 그러한가? 왜냐하면 사람의 작용이기 때문이다. 업(Karma)과 삶의 소명(Darma)이라는 유기적 연유로 시련과 변고가 오는 것이다. 결국 나에게 달려있다. 시련과 변고는 나를 채찍질 한다. 그것에 좌절하고 원망하지 않아야 한다. 반성하며 자신감을 다시 회복해야한다. 반성이 첫 번째

이다. 분명 나의 업과 삶의 소명이라는 유기적 연유로 시련과 변고가 오는 것이라는 깨달음을 얻어야 한다. 남 탓하지 말고 스스로를 돌아보아야 한다. 어리석은 생각과 삿된 마음이 자리 잡고 있음을 발견해내고 고쳐가면 시련과 변고는 금세 물러가기 시작할 것이다.

⑲ 엄청난 변화가 올 수도 있다고 생각해야 한다. 바로 득도이다. 득도는 엄청난 변화를 동반한다. 장담하건데 믿지 못할 일들이 일어날 것이다. 자신의 지난 생이 어땠는지 어떻게 안단 말인가? 득도하면 알게 된다. 결국 스스로 누구인지 알게 되며 진면목을 드러낼 것이다. 이것저것 숨어있던 능력들이 깨어나며 사람을 정화하고 치유할 수 있는 법력이 솟아날 것이다. 그것이 득도이다. 의외로 득도한 존재들이 많다. 삶의 자세를 바로 잡고 바른길로만 간다면 그 존재는 득도할 가능성이 매우 높다. 사람의 작용은 삶의 자세에 달려 있다.

⑳ 자유를 얻을 수 있다고 확신해야 한다. 자유는 분명 존재의 총체적 성장과 완성의 대가이다. 이것은 객관적 통찰이다. 물질적 자유와 정신적 자유를 나누는 것은 무의미하

다. 왜냐하면 득도를 하면 자유가 동반되기 때문이다. 정신적 자유와 물질적 자유 둘 다 만족할 수 있는 지혜와 통찰력을 깨달을 수 있다. 또한 구도자는 창조의 힘으로 인해 삶의 가치와 아름다운 삶을 실현시켜 나가게 된다. 자유, 진리와 함께 삶의 자세를 바르게 가져나간다. 삶의 소명(Darma)이란 곧 삶의 가치이며 아름다운 삶이다. 구도자는 이를 유념해야 한다.

㉑ 업(Karma)을 이해할 수 있어야 한다. 업은 내가 지은 죄와 복으로 인한 총체적 실현가능성이다. 악업과 선업이 있다. 이 업은 우리 무의식의 근원이며, 습관과 성격 등을 유기적으로 만들어낸다. 업이 왜 무의식의 근원이며, 습관과 성격 등을 유기적으로 만들어내는지에 대해 스스로 깨닫고 이해해야 한다. 말로 설명하기에 곤란한 면이 많이 있기 때문이다. 업에 대해 함부로 논하지 않아야 한다. 겸손하고 바른 자세로 업을 대해야 한다. 업을 갚을 수 있는 길은 역시 바른 자세로 바른길을 가는 것이다. 반성하고 또한 겸손하면 악업을 갚으며, 선업의 복덕을 경험할 수 있다. 명상으로만 업을 해결하려 하면 부작용이 생기게 되어있다. 총체적인 구도자의 면모를 갖추어야만 업을 해결해 나아갈 수 있다.

㉒ 아름다운 삶을 위해 준비를 해나가야 한다. 공부도 하고, 운동도 하고, 취미생활도 하고, 일을 할 때에는 직업의식을 가져야 한다. 도덕책에서 배운 정도만 해도 이미 성인이나 마찬가지이다. 아름다운 삶은 삶의 가치와 일맥상통한다. 삶의 소명(Darma)과 함께한다. 아름다움에 대해 상을 그리지 않아야 한다. 어떤 삶이 아름다운 삶인가? 나의 가치를 실현시키고 우리의 가치를 실현시키고, 존재 모두의 삶의 가치에 기여하는 삶이 아름다운 삶이다. 너무 어려운가? 무엇을 하는 것이 중요한 것이 아니다. 역시 삶의 자세이다. 나만을 위한 이기적이고 소유욕에 빠진 삶을 버리고, 모두를 위한 이타적인 삶을 선택한 자에게는 축복과 법력이 뒤따르게 되어 있다. 대자연의 법칙이다.

㉓ 초능력이 존재한다. 모두 알고 있는 능력들이다. 사람을 편안하게 만드는 능력, 사람을 기운 내게 해주는 능력, 사람을 따뜻하게 해주는 능력 외 많은 바른 능력들을 우리는 법력이라 부른다. 추구해야 할 길이다. 하지만 삿된 마음을 일으키는 저주, 바른 마음을 무너뜨리는 저주, 엉망진창이라고 패배주의를 심어주는 저주 외 많은 저주가 존재한다. 바른길을 가지 않고 계속해서 스스로를 망가뜨리는 존

재들이 하는 행위이다. 그런 존재들을 통찰해낸다면 지혜롭게 대처해야 한다. 좋은 게 좋은 것만은 아니다. 매우 강단 있는 대처가 필요하다. 사람들은 그것들을 초능력이라 부르지만 이제부터는 사람의 작용이라 불러보자. 매우 객관적인 표현이라 본다.

㉔ 어떤 자에게는 불가능이 존재한다는 것을 인지해야 한다. 대개 사람들이 내 사전에 불가능은 없다고들 한다. 그러나 그것은 오만이 자리 잡았을 때 드는 안 좋은 생각이다. 어떤 자에게 불가능이 존재한다는 것은 무엇을 말하는가? 바로 사람에게 운명과 업이 존재한다는 것을 말한다. 운명과 업을 부정하며 무조건 무슨 일을 추구한다면 그는 완전한 실패와 좌절에 빠져들 것이다. 운명과 업을 바른 자세로 대하며 바른길로 나아간다면 대개 원하는 것을 성취할 수 있다. 운명을 스스로 만들어가는 사람이 된 것이다. 차이이다. 그러나 운명과 업을 긍정한다고만 말하고 바른 자세를 잃어버린다면 실패의 구렁텅이에서 벗어날 수 없을 것이다. 세상은 정말로 촘촘히 완전하게 아름답게 돌아간다.

㉕ 운명이 존재하는 이유가 무엇인가? 바로 과거 생이다. 과거

생에 많은 일들이 있었다. 기나긴 세월 동안 수많은 사건이 있었고 많은 약속이 있었다. 그것들을 부정할 수는 없다. 가정해보자. 과연 나에게 과거 생이 없다면 왜 이런 많은 사건들이 나에게 일어나는가? 대개의 사람들은 많은 사건을 경험하며 삶을 살아간다. 이제 생은 이번 한번뿐이라는 생각은 버려야 한다. 영혼의 연속성을 부정하면 안 된다. 착하게 살게 하려고 하는 말들이 아니다. 전생에 나라를 구했나 보네, 전생에 무슨 죄를 지었길래. 라는 말이 괜히 존재하는 것이 아니다. 운명이 존재한다는 것을 인지하고 바른 자세로 대하면 된다. 그리고 노력을 하며 스스로 운명을 만들어가는 존재가 돼야 한다. 그러나 운명을 너무 깊이 알려고 하며 너무 매달리면 또한 부작용이 생긴다. 구도자로서 갖추어야 할 바른 자세를 잊지 말아야 한다.

㉖ 죄와 업(Karma)은 무엇인가? 말 그대로 내가 과거에 행한 것의 대가이다. 과거란 지난 생과 이번 생 둘 다 포함하는 시간이다. 세상이 아니라 존재에 기록된다. 세상은 안다. 그 존재에 기록된 행위의 총체가 바로 운명과 업을 일으킨다. 업과 운명은 무엇인가? 운명은 정해져 있다면 업은 가변적이다. 운명은 현상이라면 업은 에너지의 이동이다. 운

명이 아름답다면 업은 처벌이다. 곧 업을 갚아나가야 한다는 뜻이다. 여러 가지 운명을 스스로 개척해 나가야 한다는 의미이다. 특히 변고의 운명을 바꾼다는 것은 업을 해결한다는 것이다. 정해진 변고의 운명을 바꿀 수 있는 능력은 엄청난 노력을 한 자에게 주어진다. 그것이 죄와 업이 존재하는 의미이다. 그러나 변하지 않는 아름다운 운명도 존재한다는 것을 인지해야 한다. 바로 삶의 소명(Darma)이다.

㉗ 삶의 소명(Darma)은 무엇인가? 사람이 살아가며 행해야 할 가치이다. 사명과는 다르다. 삶의 소명은 아름다움을 위한 가치이고, 사명은 꼭 해내야만 하는 일이다. 아름다움을 위한 가치라는 말이 어렵긴 하다. 아름다움이란 삶의 가치를 이루어냄을 말한다. 또한 그 과정을 말한다. 삶의 소명을 언어로 표현하기 어려운 이유는 그것이 무엇을 하느냐에 달려있지 않기 때문이다. 어떤 자세로 본인의 삶의 소명에 임하느냐가 중요하다. 모든 삶에는 사람의 작용이 존재한다. 사람의 자세가 작용을 이끈다. 삶의 소명을 안내받는 사람의 작용도 사람의 자세에 달려 있다. 바른 자세로 바른길을 가는 구도자는 삶의 소명을 바르게 안내받는 경험을 하게 되어있다. 삶의 소명을 언어로 규정하려 들지 말

고, 통찰하고 실천해 나아가서 이루어내기까지 바른 자세를 유지해야 한다.

㉘ 사명이란 무엇인가? 삶을 살아가며 꼭 해내야만 하는 일이다. 곧 목숨 걸어 이루어내야 하는 일이다. 사명이 없는 사람이 없다. 사명은 사람마다 다르다. 어떤 이는 아무개를 구해내는 일이라면 어떤 이는 스스로를 구해내는 일이 될 수도 있다. 어떤 이는 사람을 가르치는 일이라면 어떤 이는 스스로 나쁜 짓을 못 배우게 하는 일이 될 수도 있다. 삶의 소명과 비슷해 보이지만 다르다. 삶의 소명이 아름다움을 향해간다면 사명은 삶의 가치와 함께 한다. 무슨 차이인가? 말 그대로 과정과 결과의 차이이다. 삶의 소명이 과정이라면 사명은 결과론적 이루어냄이다. 사명은 꼭 해내야만 하는 일이기에 이루지 못한다면 변고의 운명으로 이어질 수 있다. 그러나 사명 또한 사람의 작용과 삶의 자세가 핵심이다. 구도자의 바른 자세를 갖춘 자는 스스로도 모르게 사명을 이루어내게 되어 있다.

㉙ 폭풍처럼 휘몰아치는 전율과 묘한 촉감이 사람의 묘한 작용으로 나타난다. 그것은 대자연과 사람의 작용이다. 얼마

나 수행해야 나타나는가? 구도자의 바른 자세를 갖추었을 때 비로소 일어나는 현상이다. 온 몸에 묘한 촉감과 묘한 작용과 전율의 휘몰아침이 수행을 하며 나타나게 되어 있다. 그것의 의미를 의아해할 수 있다. 그러나 본래의 감각으로 그것이 좋은 작용인지 안 좋은 작용인지 알게 된다. 끈기와 인내가 있는 자는 그것을 꿰뚫을 수 있을 것이다. 폭풍처럼 휘몰아친다고 할 정도로 강한 묘한 촉감과 묘한 작용이 나타날 수도 있고, 잔잔한 호수 같은 고요한 묘한 촉감과 묘한 작용이 나타날 수도 있다. 신비 그 자체이다.

㉚ 아름다운 죽음이란 무엇인가? 오래 살고 죽는 것이 아름다운 죽음인가? 아니다. 내가 사후세계를 경험했을 때 그곳은 아름다운 곳이 아니었다. 왜냐하면 죽을 때가 아닌 상태로 사후세계를 경험했기 때문이다. 그러나 죽을 때가 된 존재에게는 아름다운 곳일 것이다. 그곳은 편안하고 안락하며 평화롭다. 온갖 빛이 감싸 안아주며 온갖 축복이 깃든 곳이다. 곧 천국이다. 아름다운 죽음이란 천국으로 가는 죽음을 의미한다. 지옥은 존재하는가? 그렇다. 지옥으로 가는 죽음은 비참한 죽음이다. 지옥은 역시 아름답다. 그러나 지옥으로 가는 존재에게는 비참하고 끔찍한 고

통이 다가온다. 삶을 망친 벌이다. 누구나 아는 사실이 실제로 존재한다. 아름답게 죽기 위해서는 바른 삶의 자세와 바른길을 개척해가야 한다. 이기적이고 부정적인 길을 걷는 자는 지옥으로 도착하게 되어 있다.

㉛ 죽음 이후에 윤회한다는 전제가 있기에 업이 존재한다. 윤회란 무엇인가? 바로 기억의 초기화이다. 윤회를 한다는 것은 다시 태어난다는 것이다. 그러나 다시 태어난다는 것이 정말 어려운 일임을 알아야 한다. 삶의 기회를 획득하려면 바른길을 개척해 나아가거나, 잘못 살았더라도 반성을 하고 새로운 존재가 되어야 한다. 그렇지 않으면 귀신의 틀을 벗어나지 못하고 고통에 헤매게 되어있다. 가끔 전생의 기억을 가지고 태어나는 존재가 있다. 이들을 환생한 존재라 부른다. 이들은 초능력을 발휘한 것이 아니라 스스로를 얽매어버린 것이다. 전생의 기억을 가지고 태어나면 여러 가지 병을 지니고 살아갈 확률이 매우 높다. 그러나 역시 반성하고 새로 태어난다면 그 기억들에 휩쓸리지 않고 바른 길을 개척해 나아갈 수 있다.

㉜ 삶의 소중함을 깨달아야 한다. 삶은 배움의 장이다. 배움

이 존재하기에 삶이 존재한다. 사람은 언제나 함께하는 배움의 기회를 인지하고 바른 자세로 임해야 한다. 배움의 기회는 태어날 때부터 아니, 존재하는 한 영원히 함께한다. 만약 가능성 없는 존재일지라도 배움의 기회는 존재한다. 그는 가능성을 일깨워야 한다. 언제나 함께한다는 말의 의미는 무엇인가? 세상의 법칙이 존재한다는 뜻이다. 바로 죄와 업(業, Karma), 약속, 인연, 공덕, 복덕, 역할, 삶의 소명(Darma) 외 여러 표현들을 고려한다. 이러한 세상의 법칙을 무시하면 안 된다. 너무 깊게 파고들지 말고 바른 자세로 임하면 삶의 가치를 깨달아갈 수 있을 것이다.

㉝ 어떻게 해야 할지 아무리 생각해도 모를 때가 있다. 그럴 때는 나의 삶의 자세를 통렬하게 다시 한번 꿰뚫어 봐야 한다. 분명 잘못된 자세가 있을 것이다. 아집이 바로 그것이다. 나라는 존재가 어떤 존재라는 고집이 바로 아집이다. 집착이다. 나라는 존재에 대해 상을 그리지 않아야 한다. 잠재력이나 가능성을 인정해야 한다는 뜻이다. 또한 오만과 잘못된 습관을 인정해야 한다는 뜻이다. 나라는 존재의 가능성은 무궁무진하다. 나는 아무것도 모르는 것 같지만 나의 본질 곧, 진짜 나는 다 알고 있다. 바로 깨달았을 때

의 나, '본질의 나'이다. 존재의 깨달음은 '본질의 나'를 깨닫는다는 것을 의미한다.

㉞ '본질의 나'는 어떠한 가능성이 있는가? 숫자로 헤아릴 수 없을 정도로 기나긴 시간의 역사를 담고 있는 존재가 바로 사람이다. 사람의 역사는 생각보다 매우 매우 오랜 시간을 품고 있다. 기나긴 시간을 보내오며 얼마나 바른 자세로 바른길을 개척했는지가 바로 '구도의 정도'를 의미한다. 도를 얼마나 이루었느냐는 뜻이다. 이번 생의 노력만으로 그것을 확인하는 것은 오만이다. 사람이라는 존재는 본질적으로 알고 있다. '본질의 나'를 깨달은 자는 그 수많은 시간의 과거 생을 꿰뚫을 수 있게 된다. 가능성이 상상을 초월한다. 이 말의 객관적 가능성을 고려해보자. 물론 손해 볼 것은 없다. '구도자의 바른길'은 존재가 마땅히 가야 할 길이다. 선택사항이라는 말도 통용되지 않는다. 마땅히 가야 할 길을 가지 않는 자에게는 불행과 고통이 기다릴 뿐이다.

㉟ 세상의 법칙은 인과응보와 약육강식에 머무르지 않는다. 업(Karma)를 해소하기 위해서는 인과응보로 고통을 겪어야 한다는 오해를 할 수가 있다. 물론 오해이다. 반성하는 바른

자세는 구도자의 기본이다. 세상이 인과응보와 약육강식에 머무른다면 아름다움이 존재할 수 있겠는가? 삶의 가치가 존재할 수 있겠는가? 패배주의와 부정적 의식의 장에 걸려든 존재들의 어리석은 생각일 뿐이다. 무조건 긍정적으로 생각하는 것도 자기 최면이 되어 부작용을 유발할 수 있다. 세상을 객관적으로 통찰하며 객관적 가능성을 고려해야 한다. 그래야 배워가며 깨달아 갈 수 있다. 겸손이며, 용기이다.

㊱ 욕심을 버려야 한다. 과한 욕심만 내려놓는다는 생각은 잘못된 생각이다. '본질의 나'는 욕심이 없다. 욕심은 육체의 여섯 가지 감각에 의해 생겨나는 마음이다. 시각, 청각, 후각, 미각, 감각, 생각에 따라 생겨나는 허망한 마음일 뿐이다. 여러 가지 욕심은 사람이라면 있을 수밖에 없다는 생각을 버려야 한다. 돈 많이 벌고 싶고, 좋은 옷 입고, 맛있는 밥 먹고 싶은 생각은 욕심이 아니다. 그것을 이루기 위해 과한 생각과 행동을 하는 잘못된 마음이 욕심이다. 무조건 버려야 한다. 욕심으로 인해 조급해지고 욕심으로 인해 지나친다. 욕심으로 인해 무너지고 욕심으로 인해 다른 욕심을 또 찾는다. 이를 깨닫고 지속해서 성찰하고 노력해야 한다.

바른길이란?

바른길이란 세상의 모든 존재가 마땅히 가야 하는 길이다. 고지식하게 생각하여 바른길을 받아들이면 안 된다. 지혜로운 길이며 현명한 길이다. 바른 자세와 반성하는 마음가짐으로 삶의 길을 나가면 자연히 가게 되는 길이 바른길이다. 한자로는 正道(정도)라 쓴다. 세상의 법칙으로 존재하는 길이라는 표현은 조금 협소하다. 세상에 존재하는 절대신의 은총과 법력으로 존재하는 길이다. 곧 절대적으로 가야 하는 절대선이다. 무조건 착하거나 친절하거나 자비롭거나 하는 길은 아니다. 정확하게 표현하자면 미련과 원망은 버리고 삶의 지혜와 현명함을 찾아가는 길이다. 혼자가 아닌 함께 나아가는 길이다. 또한 배척이 아니다. 방관하지 않는다. 바른길을 가지 않고 이기적이고 어리석은 길을 가는 존재를 방관하지 않는다. 하지만 그들에 휩쓸리지 않는 주체적인 자세를 가져야 한다.

바른길이란 하나밖에 없는 진리의 길이다. 바른길이 여러 갈래로 갈라진다고 하는 건 어불성설이다. 여러 가지 길이 바른길이 될 수는 있지만 바른길이 여러 개는 아닌 것이다. 그것이 무슨 의미인지 설명하자면 바른길은 융통성 있지만 마구잡이식의 길이 아니라는 뜻이다. 불교의 팔정도와 기독교의 성령의 길을 예로 들 수 있다. 팔정도를 설명해본다. 성령의 길도 섭리를 적용한 하느님의 길로써 팔정도와 일맥상통한다.

① 정견(正見)

바른 견해이며, 바른 세계관과 인생관으로서의 인연과 사제에 관한 지혜이다. 또한 바른 신앙이다.

② 정사유(正思惟)

몸과 말에 의한 행위를 하기 전의 바른 의사 또는 결의를 가리킨다. 유화(柔和 : 부드러운 조화)와 자비와 충정의 마음으로 사념사유(思念思惟 : 바르게 기억하고 바르게 생각함)하는 일이다. 자기의 처지를 언제나 바르게 생각하고 의지를 바르게 갖는 것이 정사유이다.

③ 정어(正語)

정사유 뒤에 생기는 바른 언어적 행위이다. 망어(妄語 : 거짓말)·

악구(惡口 : 나쁜 말)·양설(兩說 : 이간질 하는 말)·기어(綺語 : 속이는 말)를 하지 않고, 진실하고 남을 사랑하며 융화시키는 유익한 말을 하는 일이다.

④ 정업(正業)

정사유 뒤에 생기는 바른 신체적 행위이다. 살생·투도·사음을 떠나서 생명의 애호, 시여자선(施與慈善 : 자비로 베풂), 성도덕을 지키는 등의 선행을 하는 일이다.

⑤ 정명(正命)

바른 생활이다. 이것은 바른 직업에 의하여 바르게 생활하는 것이다. 경제생활과 가정생활을 정갈하게 수행하는 것이다.

⑥ 정정진(正精進)

용기를 가지고 바르게 노력하는 것이다. 정진은 이상을 향하여 노력하는 것이며, 그것은 종교·윤리·정치·경제·육체 건강상의 모든 면에서 이상으로서의 선(善)을 낳고 증대시키되, 이에 어긋

나는 악을 줄이고 제거하도록 노력하는 것을 가리킨다.

⑦ **정념**(正念)

바른 의식을 가지고 이상과 목적을 언제나 잊지 않는 일이다. 그리고 일상생활에서도 맑은 정신으로 세상을 살아가며 모든 것은 항상 하지 않고 변화함·본질의 나로 거듭나야 함 등을 언제나 염두에 두고 잊지 않는 일이다.

⑧ **정정**(正定)

정신통일, 명상을 말하며 선정(禪定)을 가리킨다. 깊은 선정은 일반인으로서는 얻을 수 없는 것이라고 하더라도 일상생활에서도 마음을 안정시키고 정신을 집중하는 것은 바른 지혜를 얻거나 지혜를 적절하게 활용하기 위해 필요하다. 명경지수(明鏡止水)와 같이 흐림이 없는 마음과 무념무상과 같은 마음의 상태는 정정이 진전된 것이다.

팔정도와 같은 삶의 자세가 바른길에 속한다. 그렇다고 해서 무조건 착하거나 자비롭거나 한다는 편견을 가져서는 안 된다.

삶은 지혜롭고 융통성 있게 살아야 한다. 바른길의 핵심은 반성하는 자세와 존재의 바른 자세이다. 바른 자세를 갖출 때 명상을 하지 않아도 잠자는 것으로 명상이 대체된다. 곧 존재가 깨어나고 깨달아가는 것이다. 이것을 알아야 한다.

글을 올리고 다시 한번 읽어보니 기분이 좋았다. 내가 완성한 글이기 때문이다. 아직은 회원이 없지만 글을 읽고 난 분들의 반응이나 느낌이 궁금하다. 글 쓰는 존재의 자연스러운 호기심인가? 생각해본다. 사람에 따라 대하고 해석하는 정도가 다를 것이다. 나는 그것을 이해하기로 하고 넘어갔다. 글을 하나 올렸고, 그 자리에 앉은 채로 눈을 감아보았다. 역시 빛의 파노라마 문양이 변했다. 글을 올린 것과 관련 있나 보다. 잡생각은 없다. 오늘은 고추를 수확해서인지 살짝 허리가 묵직했다. 목도 조금 칼칼했다. 금방 정화되었다. 허리는 조금 유연해졌고, 목도 가라앉았다. 몇 분이 흐르고 눈앞의 파동과 입자가 잔잔해졌다. 나는 그물에 걸리지 않는 바람처럼 인지했다. 그렇게 명상을 진행한다. 명상의 작용은 무위이다. 중용지도와 초집중 혹은 힘을 빼는 지혜를 발휘하기도 한다. 정신통일하며 이루어진다. 역시 고추문양의 빛 그림이 지나간다. 몇 분간 고추문양이 비추더니 정신이 또렷해졌다. 몰입이 잘되는 느낌이다. 조금 더 진행하다 눈을 떴다.

오늘도 역시 음악을 몇 곡 듣고 밖에 나가 태극권과 파쇄권의 '무극연무도'를 실행한다. 또렷해진 정신이 음악과 무도에도 영향을 준다. 고추 수확하는 것이 역시 도와 연결이 된다. 도는 전체를 아우르고 전체는 도를 아우른다. 이것은 진리이다. 구도자의 핵심이다. 무극연무도를 실행하며 눈을 감아보았다. 감각이 매우 세밀해진다. 무협지에 나오는 것처럼 주먹을 내지르고 장을 펼친다. 무림고수가 된 기분이다. 나는 만류귀종을 생각한다. 모든 것은 하나로 귀결되고, 하나는 모든 것으로 귀결한다. 역시 구도자의 덕목이다. 무도를 꾸준히 하며 장인정신에 대해 고찰해 본다. 우리는 직업에 어떤 자세로 임해야 하는가? 하는 생각이 몰려온다. 직업에 대한 귀천을 타파하고 따뜻한 마음과 장인정신, 삶의 소명과 사명에 대해 생각했다. 그것을 글로 옮겨보기로 했다. 방안에 들어와서 컴퓨터를 켰다.

직업의 귀천이 없는 따뜻한 장인정신

우리는 어떤 자세로 직업에 임해야 하는가? 직업의 귀천이 없는 따뜻한 장인정신으로 임해야 한다. 삶의 소명과 사명이 함께 해야 한다. 언제나 함께하는 세상의 가르침과 함께 해야 한다.

나의 직업정신과 실천이 세상의 안녕과 함께한다는 것을 인지해야 한다. 돈을 버는 것에만 급급하지 않고 나라는 존재를 계발하며 가꾸어가며 함께하는 길을 모색해야 한다. 혼자 하는 직업이란 없다. 모든 직업이 함께하는 직업이다. 모든 존재는 유기적으로 서로를 품는다. 그것을 인지해야 한다.

국가에서는 장인정신을 갖춘 존재들에게 자격증을 부여하고 높은 임금을 지불받을 수 있게 정책을 펼쳐야 한다. 또한 그것의 혜택을 받는 존재는 감사한 마음으로 겸손함을 겸비해야 한다. 장인정신은 혼자서만 전문가가 되지 않는다. 함께 나아가는 직업정신이기에 스승이 되고 제자가 된다. 존재는 누구나 스승이며 제자이다. 이것이 직업정신에도 통용되는 것이다. 그리고 중요한 것이 건강관리이다. 우리가 직업을 이어가는 데 있어 건강의 중요성을 빼놓고는 다른 것을 논할 수 없을 것이다. 건강관리는 의사의 힘만 빌리는 것이 아니다. 스스로 컨디션을 조절하고 내적, 외적으로 관리해야 한다. 회사에서는 보건과 의료복지가 중요한 복지 중 하나라는 것을 인지해야 한다. 그래야 지속가능한 직업정신과 직업생활이 갖추어지는 것이다.

인간적인 사랑과 관계를 가꾸어가야 한다. 함께하는 길에 중요한 덕목이다. 혼자서만 잘났다며 승부지상주의와 비교우위에 걸려들면 안 된다. 인간적인 사랑과 관계란 무엇인가? 따뜻한 마음의 소통이다. 서로를 위해주어야 한다. 반성과 바른 자세이다. 또한 배려의 노력이다. 이런 분위기와 문화가 갖추어진 회사는 지속해서 부흥할 확률이 높다. 자애심을 북돋을 수 있도록 충분한 급여와 복지가 갖추어져야 함은 물론이다. 적정수준의 임금문화는 국가의 발전과 인류의 발전에 필수사항이다. 그것을 산출해낼 수 있는 경영자의 능력이 요구된다.

세상과 존재에 대한 감사함을 배워가야 한다. 그것이 바른 직업정신의 귀결이다. 바른 직업정신의 시작과 끝이다. 함께 나아가며 세상의 안녕을 이끌어간다는 의미이다. 세상과 존재에 대한 감사함은 절대신에 대한 감사함과 함께한다. 세상의 법칙이 있기 때문에 함께 나아가는 것이 통용되는 것이다. 그것을 알아야 한다. 따뜻한 마음의 직업귀천이 없는 장인정신에 절대신의 축복과 법력이 함께하며 모든 존재의 축복과 법력이 함께한다. 그 때문에 장인이 되고 스승이 되고 다시 제자가 될 수 있는 것이다. 우리는 땀 흘려 일하는 모습을 보면 감동받는다. 바른 직업정신과 실천은 세상을 살아가는 데 있어 반드시 갖추어야 하는 덕목이다.

글을 정리했다. 카페에 올리고 나서 대문에 올린 코스모스 사진을 보았다. 예쁜 꽃과 질서의 'Cosmos'라는 단어의 유합이다. 세상에는 거대한 질서가 있다. 바로 세상의 법칙이다. 그것을 절대신이 관장한다. 그리고 많은 존재들이 돕는다. 서로가 함께하며 세상을 이끌어가고 안녕을 도모하는 것이다. 나는 그것이 참 아름답다고 생각한다. 도를 닦는 이유 중 하나이다. 멋진 이유이다. 잠자리에 들 시간이다. 누워서 눈을 감으며 명상하면 자연스레 잠이 든다. 내일도 멋진 날이 펼쳐질 것이다. 항상 멋진 날이 펼쳐진다. 나는 그것을 통찰해냈다.

날이 밝았다. 오늘은 농사일이 없어 아침밥을 먹고 길을 나섰다. 카페에 올릴 사진을 찍기 위해서이다. 가장골로 불리는 윗길로 걸어가며 휴대폰 카메라로 한장 한장 찍었다. 처음엔 길을 찍고 다음엔 밭을 찍었다. 호박을 찍고, 깻잎을 찍었다. 하늘과 지평선이 나오게 찍었다. 다음엔 논을 찍었고, 해도 찍어보았다. 구도가 맞나 살펴보았다. 느낌이 나쁘지 않다. 사진을 찍으며 생각했다. 사진을 잘 찍기 위해 어떤 감각이 필요할까? 시각의 감각이 다일까? 아닐 것이다. 공감각적 시야와 통찰력 그리고 직관력이 필요할 것이다. 그것을 가꾸어가는 자세가 필요할 것이다. 나는 사진을 찍으며 자연과 소통하려 노력했다. 세상의 흐름을 통찰하려 노력했다. 겸손하게 찍으려 노력했다. 결과가 좋을까? 생각하며 나아간다. 다행히 좋은 사진 몇 장을 찍어냈다. 아니 모든 사진이 다 아름답다. 자기최면이 아니다. 감사함이다. 길을 따라 한 바퀴 돈 후 집으로 돌아왔다. 바다 풍경도 찍고 싶어서 아버지 차를 타고 집을 다시 나섰다. 바다로 가는 길에 멈춰서 갈대와 길을 몇 장 찍었다. 그리고 다시 바다로 가서 갯벌과 소나무, 배, 수평선, 갯바위, 바다와 파도 등을 찍었다. 마음에 들었다. 사진찍기 좋은 날씨다. 나는 무엇을 찍은 것일까? 세상을 찍었다. 사진에는 세상과 흐름이 담겼을 것이다. 겸손함도 담겼을까 두근거린다. 그랬길 바랐다.

집으로 돌아와서 카페에 사진을 올렸다. '자유와 도' 숫자에 한 장씩 총 37장을 올렸다. 마음에 들었다. 색감이나 질감이 '자유와 도'에 어울렸다. 스스로 만족하며 미소를 지었다. 커피를 한잔하고 싶었다. 믹스커피를 종이컵에 탔다. 간단하다. 끓는 물에 믹스커피를 붓고, 정성스레 저어주면 된다. 따뜻한 커피를 마시며 잠시 상념에 빠졌다. 나는 왜 세상만 찍었을까? 혼자 나서서인가? 누군가와 함께 길을 나섰다면 내 사진도 찍고 같이 찍기도 하지 않았을까? 생각했다. 상념이다. 오늘은 혼자 나섰다. 다음에 같이 길을 나설 수 있다면 찍어야지 생각했다. 묘한 상념이 설렘과 겹치더니 또 다른 장면으로 날아갔다. 어릴 적 수학여행 가서 사진 찍는 장면이다. 나는 사진 찍는 데에 익숙하지 않았다. 어색했다. 중학생 때였다. 사진을 찍으려면 이상하게 묘한 웃음이 지어지곤 했다. 어색함과 설렘의 웃음인가? 생각했다. 몇몇 친구들과 찍었고 단체사진을 찍었다. 지금도 그 사진을 생각하면 재밌다가도 묘한 이질감이 느껴진다. 당시의 나는 나를 이해하고 있었을까? 분명 이해하고 있었을 것이다. 어릴 적부터 스스로를 인지하는 데에 익숙했기 때문이다. 그러나 지금의 나는 중학생의 나를 이해하고 있는가? 나의 답은 '많이 이해하진 않지만 조금은 이해한다'이다. 20년이 넘게 시간이 흘렀다. 변화하지 않았는가? 변화하지 않은 것은 무엇일까? 바로 본질이다. 나라는 본질은 변하지 않았다. 나는 그것을 이해한다. 사진을 찍고 여러 사진 찍은 장면들로 날아가 보았다. 설레는 일이다. 나는 시간여행을 한 것일까? 그렇다고 말할 수도 있을 것이다.

점심을 먹고 수영장에 갔다. 간간이 가는 수영장은 오늘도 소독 냄새와 함께 운동하는 분위기가 녹아있다. 따뜻하다. 레일에 사람들이 많이 있지는 않다. 나는 건강관리 차원에서 간간이 수영장에 다닌다. 오늘은 얼마나 수영을 할 수 있을까? 생각한다. 대학교 때 무릎이 안 좋아서 수술 후에 물에서 걸으며 재활치료를 했다. 그러면서 자연스레 수영을 익혔다. 무릎에 좋은 자유형만 익혔다. 다른 수영은 잘 못한다. 당시 동영상 강의를 몇 개 보고 스티로폼 잡고 발길질 연습을 한 후 다시 오른손과 왼손을 저어보았다. 조금씩 실력이 늘더니 어느덧 힘들이지 않고 수영할 수 있게 되었다. 나는 항상 겸손하게 수영하려 노력했다. 바르고 정석적인 자세로 수영했다. 그렇게 하는 것이 재미있었다. 옆에서 접영을 하며 멋지게 날아오르는 장면을 여러 번 보았다. 나도 그렇게 해보고 싶었지만 혼자서는 역부족이게 보였다. 사실 연습하면 될 것 같았지만 자유형만 계속해서 했다. 무릎치유가 우선이었기 때문이다. 수영장에 들어가서 잠시 물의 감각을 느껴보고 바로 자유형에 임했다. 잘 되지 않았다. 오랜만에 수영장에 가서인가? 생각했다. 무언가 이질적인 것이 느껴졌다. 그것을 통찰해내며 이겨냈다. 그러한 감각이 얼마간 이어졌다. 그러면서 서서히 익숙한 수영의 자세와 느낌이 돌아왔다. 1시간여 동안 자유형을 하고 정리했다. 집으로 향했다. 몸이 가뿐했고, 개운했다. 운동을 하니 컨디션도 살아나고 기분이 좋았다. 상쾌했다. 수영선수들은 다들 몸이 예쁘다. 나도 수영과 꾸준한 운동으로 예쁜 몸이 되었으면 좋겠다고 생각했다. 왜냐하면 건강한 정신과 건강한 신체가 함께하기 때문이다. 건강하면 예뻐진다. 멋있어진다.

집에 와서 조금 쉬고 태극권을 하다가 오늘은 무도에 관한 글을 써보기로 했다. 무도에 관해 간단하게 정리해보기로 했다. 집 정리를 좀 하고 컴퓨터를 켰다.

무도(武道)

무도(武道)란 존재가 신체를 개발하는 동시에 나아가는 바른 길이다. 무술을 개발할 때 존재의 자세가 바르게 잡혀있으면 무도로 거듭나는 것이다. 어떤 종류의 무술을 하는가보다 어떤 자세로 무도에 임하는가가 중요하다. 달마대사는 역근경과 세수경으로 무도를 창안했다. 필자는 무극연무도로 무도를 창안했다. 사실 역근경과 세수경은 분리된 무도가 아닌 것이다. 태극권과 파쇄권을 생각하면 쉽다.

무도를 잘하기 위해 가꾸어야 할 것이 신체만은 아니다. 호흡과 감각 그리고 대자연의 흐름과 세상의 가르침, 법칙을 통찰해내고 통찰해가야 한다. 그리고 언제나 객관적 가능성을 고려하는 겸손함을 갖추어야 한다. 무도의 식을 실행할 때 존재의 느낌을 잘 통찰해 나아가야 한다. 바른길로 가는 존재는 무엇을 하든 오의를 깨달아가게 되어있다. 무도도 마찬가지이다. 오의를 깨달아나가는 것이 맹목된 집착이 아니라는 것을 알아야 한다. 도는 전체를 아우르며 전체는 도를 아우른다.

'나의 신체능력으로는 이 정도가 한계야'라는 편견을 벗어나야 한다. 탈태환골이라는 말이 있다. 신체 또한 계속 변화한다. 바른길로 나아가면 신체도 오의를 향해간다. 아름다운 몸으로 변화해 가는 것이다. 통섭적으로 접근하는 무도수련을 해야 아름다운 몸과 오의를 경험할 수 있다. 삶의 바른길은 이처럼 무한한 가능성을 창조한다.

무도의 오의

바른 자세를 잡는다
어둠을 파멸한다
조화롭게 변화한다
빛을 내뿜는다

바르게 움직인다
법칙을 통찰한다
흐름을 통찰한다
오의를 깨닫는다

아름답게 움직인다
집착하지 않는다
무극의 연무를 펼친다
도를 깨닫는다

무도에 관해 간단히 정리했다. 게시판은 만류귀종으로 정했다. 모든 것은 하나로 귀결되고 하나는 모든 것으로 귀결한다. 도를 닦으며 무도를 한다. 말 그대로 통섭적 접근이다. 저녁 식사 시간이 되자 가족들과 저녁을 먹고 쉬었다가 명상에 임했다. 오늘은 어떤 작용일까? 항상 변화하는 작용과 신비가 재미있다. 눈을 감았다. 눈앞의 화끈한 파동과 입자가 지나면서 나는 대학교 때 수영하던 장면으로 날아갔다. 어느 날이었다. 평소와 다르게 수영이 굉장히 잘됐다. 나는 레일 20번을 쉬지 않고 반복했다. 이상했다. 레일 한편에선 수영반이 수영교습 준비를 하고 있어서 그만해야겠다 싶어 정리했다. 샤워를 하며 '오늘 왜 이렇게 잘 되지?'라고 생각했다. 그 장면이 떠올랐다. 역시 그물에 걸리지 않는 바람처럼 그 장면과 상황들을 인지하며 명상을 진행했다. 눈을 감고 있다. 통찰이 떠올랐다. 아! 내가 세상의 흐름과 존재의 흐름이 일치되는 경험을 했구나, 그것이 소중한 경험이었구나! 통찰했다. 정말 소중한 경험이었다. 꾸준히 노력하면 좋은 결과가 나온다는 것을 경험하는 것은 멋지고 위대한 일이다. 그것으로 존재가 성장하고 완성을 향해가는 것이다. 스스로의 경험으로 인해 타인을 존중할 수 있게 되며, 함께하는 삶의 중요함까지 깨달아가는 것이다. 사실 수영장에서 수영 준비하는 존재들의 파이팅 넘치는 에너지가 나에게 영향을 끼치기도 했을 것이다. 혼자만의 힘으로 되는 것은 없다. 모든 것이 유기적이다. 스스로 노력하며 함께 노력하는 것이다. 그것이 중요한 삶의 자세라는 것을 깨달았다. 그리고 실천한다.

무릎이 아픈 이유는 군 시절 무리하게 발차기 연습을 하다가 다쳐서이다. 오만했다. 발차기가 잘 되자 재미가 붙었고, 무거운 군화를 신은 채로 발차기를 세게 하다가 무릎에 무리가 가버렸다. 이 후에 안정을 취해야 하는데 괜찮겠지 하며 다시 오만해졌다. 운동을 계속해버린 것이다. 달리기와 웨이트 트레이닝을 했는데 달리기를 계속한 것이 화근이 되어 양쪽 무릎이 다 약해져 버린 것이다. 게다가 훈련에서 아픈 환자라고 말하며 약하게 받도록 보고 조치를 해야 했었는데 창피하다는 이유로 동료들과 같게 훈련에 임해버렸다. 결국 무릎이 너무 약해져 전역 후 얼마의 시간이 흐르지 않아 수술대에 올라가게 되었다. 당시 오른쪽과 왼쪽 무릎이 다 아팠는데 일단 양쪽 다 시술도구로 절개해봐야 안다고 해서 수술대에 오르게 되었는데 시술이나 수술을 할 정도는 아니라고 그냥 봉합해버렸다. 그것이 또 화근이 된 것 같다. 무릎은 갈수록 아파왔고 나는 다른 방법을 찾아 헤맸다. 침을 맞으러 다녔다. 봉침을 한동안 맞아서 효과가 있었다. 그러나 완전히 좋아지지는 않아서 운동하면서 PRP주사라는 것을 맞아보기로 했다. PRP주사는 자신의 혈액에서 뽑은 혈소판 내 세포를 통증부위에 주입해 증상을 완화하는 치료이다. 혈소판 속에는 성장인자와 면역세포 등의 단백질이 매우 풍부한데, 이러한 물질이 손상된 힘줄이나 인대에 주입할 경우 우리 몸의 자연치유 과정이 활성화돼 손상 부위가 재생된다. 이 주사가 효과 있었다. 몇 번 시술 받은 후 무릎이 눈에 띄게 좋아졌다. 무릎 때문에 몸이 뻑뻑해진 현상이 나타났는데 스트레칭을 하며 완화시키려 노력했다. 수영과 스트레칭 그리고 몇 가지 시술과 지속적인 관리 덕에 무릎이 좋아졌고 예전처럼 걸을 수 있었다. 치유의 과정에서 고난을 겪었지만 뿌듯했다. 다시는 오만하여 다치지 않겠다 다짐했고, 반성했다.

카페에 시를 조금씩 올려보기로 했다. 구도시이다. 대학 시절부터 조금씩 시를 적어왔다. 이런저런 생활에서 몇몇 영감을 얻어 적었다. 처음 올리는 시는 최근에 적은 '사랑'으로 하기로 했다.

사랑

화분에 물을 주었다

맑은 물이 꽃을 웃게 한다

나는 기분이 좋았다

꽃이 나에게 사랑을

선물했기 때문이다

내가 적었나 싶을 정도로 마음에 든다. 조그마한 화분에 물을 주며 영감을 얻었다. 꽃이 나에게 주는 사랑은 대자연의 축복이자 법력이다. 나라는 존재도 꽃에게 사랑을 주었고 축복해주었다. 아름다운 장면을 시로 적으니 마음이 따뜻해졌다. 다양한 사진과 그림들 게시판에 작품을 하나씩 올려야겠다 생각했다. 처음 올릴 작품을 미켈란젤로의 '천지창조'로 정했다. 그림을 올리고 '미켈란젤로의 작품 천지창조이다. 어떻게 뇌의 모양을 그렸을까? 궁금해진다. 미켈란젤로 또한 도사였을 것이다. 명상을 하고 구도에 통섭적으로 접근하여 세상의 법칙과 통찰을 그리려 했을 것이다'라고 적었다. 나의 생각이다. 우측의 모양이 뇌의 모양과 닮았다고 알려져 있다. 그것이 나는 신기했다. 해부를 한 것인가? 당시에 뇌의 모양이 널리 알려져 있었나? 궁금해진다. 미켈란젤로가 신비로운 존재인 것은 분명하다. 다음으로는 치유와 건강 게시판에 글을 올리기로 했다. 존재는 유기적이다. 영혼과 육신으로 나누는 것은 이분법이라 볼 수 있을 정도이다. 존재의 치유를 삶과 시간과 공간 그리고 세상 전체를 아우를 수 있게 통섭적인 시야로 접근해야 한다. 얼마 전 적어놓은 '정신질환의 극복과 바른길'이라는 글을 올리기로 했다.

정신질환의 극복과 바른길

① 정신질환도 모든 병과 마찬가지로 자신의 업(業, Karma)과 잘못된 선택으로 인한 것입니다. 스스로 노력하여 극복해 나가려는 바른 마음가짐이 중요합니다.

정신질환도 모든 병과 마찬가지로 본인의 업과 잘못된 선택에서 기인한 것입니다. 원인을 함부로 규정하면 그것에 집착하게 됩니다. 원인과 상황에 대해 상(相, Image)을 그리지 아니하며, '내가 정신질환을 겪고 있다. 나의 업과 잘못된 선택으로 인해 정신질환을 겪고 있다. 올바른 마음가짐으로 계속해서 노력하여 극복하겠다'라고 선택하는 것이 극복을 위한 바른길입니다.

② 정신질환의 극복을 위해 편법을 찾아 헤매지 말고 오직 본인 스스로의 변화가 있어야 함을 인지합니다.

‘나의 장애는 어떠한 의식만 치르면 단숨에 극복할 수 있다’라고 생각할 수도 있습니다. 이것은 잘못된 사고방식입니다. 고통을 겪는 이에게 사이비들의 편법과 유혹이 담긴 의식들은 매우 해롭습니다. 스스로 노력하여 극복하려 하지 않는다면 다시 예전과 다름없는 상태로 돌아갑니다. 잘못된 견해를 교정하고 바르게 변화하려 노력해야 합니다. 올바른 선택을 해야 합니다.

③ 수단과 방법을 가리지 않는 극단적 이기심이 있는지 스스로 살펴봅니다. 언제나 반성하는 바른 마음가짐으로 따뜻한 마음, 인간적인 사랑, 삶의 지혜를 가꾸어 나감에 있어 계속해서 노력합니다.

수단과 방법을 가리지 않고 자신만의 목적을 위한다면 극단적으로 이기적인 생각과 행동이 따라옵니다. 수단과 방법을 가리지 않고 목적을 구하는 상황은 어둠을 부릅니다. 따뜻한 마음으로 지혜롭게 배려해봅니다. 따뜻한 마음, 인간적인 사랑, 삶의 지혜를 가꾸어나가는 계속적 노력이 장애의 극복에 필요한 요소입니다. 반성하는 바른 마음가짐 또한 중요합니다.

④ 적절한 운동을 합니다.

적절한 운동은 생명의 실재를 활성화시켜 인체의 순환계와 호르몬이 원활해지며, 어둠을 소멸시키는 큰 효과를 발휘합니다. 너무 과한 운동은 하지 마시고, 걷기나 스트레칭, 체조, 조깅이나 등산, 수영, 구기운동, 무도 등의 활동을 할 때 적당한 운동량과 바른 마음가짐이 중요합니다.

⑤ 식습관을 개선합니다.

잘못 만들어진 식품이 건강에 해롭습니다. 배가 부른데 허기를 느끼는 상황을 객관적으로 통찰해내야 합니다. 자연식과 가공식의 흑백논리를 주의해야 합니다. 자연식이나 채식이 무조건 옳다는 사고방식이 있다면 교정합니다. 자연식이나 채식은 개인의 호감입니다. 스스로의 상황에 맞는 올바른 식습관을 정립해나가려는 계속적 노력이 중요합니다.

⑥ 구도자라면 마음가짐과 수행방법에 문제가 있지 않은지 철저히 고찰해 봅니다. 무위법이 정도(正道)입니다.

구도자들이 선택할 수 있는 많은 수행법이 있습니다. 바른 길을 외면한 수행과 단체들은 저주와 자기최면, 자기암시적 기법을 사용합니다. 자기최면, 자기암시는 바른 길이 아닙니다. 처음에 잠깐 효과가 있는 듯 보일 수도 있지만 습관적인 강박을 부릅니다. 저주를 하는 수행단체나 존재를 잘 통찰해내야 합니다. 영적 성장이라는 가면을 쓰고 저주를 합니다. 속성과정 혹은 저주의식, 자발동공, 등의 방법으로 초능력을 구사한다고 선전합니다. 접신을 하면서 세상을 마음대로 조종하려 듭니다. 절대 조심해야 합니다. 집착하여 구하지 아니하고, 의존하지 아니하며, 상(相, Image)을 그리지 않아야 합니다. 바른길(正道)로 가야 합니다. 무위법이 정도(正道)입니다. 중용지도(中庸之道)가 지혜입니다.

⑦ 독서할 때 특히, 출간된 서적을 읽을 때 객관적 가능성을 고려해야 합니다.

책에는 저마다 고유의 느낌이 있어 잘못된 욕심이 있는 존재가 잘못된 내용을 보면 어둠에 걸려들어 여러 가지 장애를 불러일으키는 경우가 있습니다. 그 어둠이 당사자는 황홀하거나 현명하게 느껴져도 올바른 마음을 가진 사람이 보면 매우 어리석은 경우가 대부분입니다. 장애를 극복하는 노력을 외면하고 여러 지식만을 쌓으려 든다면 그것은 스스로의 어둠을 키우는 행위일 뿐입니다. 독서를 할 때는 저자와 내용에 대해 객관적 가능성을 고려해야 합니다.

⑧ 세상과 존재, 삶에 대해 객관적 가능성을 고려해야 합니다. 모르는 것을 함부로 안다고 단정 짓지 않아야 합니다.

삶의 가치와 목적에 대해 함부로 단정 짓지 않아야 합니다. 스스로의 부족함을 객관적으로 통찰해야 합니다. 완벽함이라는 집착을 버려야 합니다. 정신질환의 극복을 위해서만이 아닙니다. 아름다운 삶을 향한 바른길을 선택해야 정신질환을 극복할 수 있습니다. 퇴마, 최면, 전생여행, 초능력 등의 지나친 관심은 잘못된 정보와 욕심을 부릅니다. 영성이라는 언어에 상(相, Image)을 그리는 것을 특히 주의해야 합니다. 수단과 방법을 가리지 않고 영적 성장이라는 욕심을 키워나간다면 어리석은 힘을 영성의 개발로 착각하여 완전히 어둠에 휩싸이게 됩니다. 세상과 존재, 삶에 대해 객관적 가능성을 고려해야 위험을 인지할 수 있습니다. 잘못된 선택을 하지 않을 수 있게 지혜를 배워갈 수 있습니다.

⑨ 수단과 방법을 가리지 않고 이루려는 것이 있다면 그것이 곧 정신질환입니다.

수단과 방법을 가리지 않고 이루려는 집착은 어둠을 부릅니다. 올바른 마음이 결여되어 자신만의 이익과 명예를 위해 물불 가리지 않고 달려드는 지경에 이른다면 자멸하는 상황을 부릅니다. 스스로의 마음에 잘못된 선택이 있어서 그것을 붙들고 있지 않나 통찰해야 합니다. 올바른 선택을 해내야 합니다.

⑩ 외상 후 스트레스 장애(트라우마) 또한 정신질환의 일종입니다.

여러 가지 증상의 외상 후 스트레스 장애가 있습니다. 때때로 혹은 스스로 그것을 인지하는 것이 쉽지 않은 경우가 있습니다. 주위 사람이 공통적으로 말하는 자신에 대한 모습이 있는데 스스로는 이를 부정하고 있다면 그것을 깊이 고찰해보시기 바랍니다. 조작되고 잘못 인지된 사건과 상황의 기억은 장애를 일으킵니다. 생각지도 못한 외상 후 스트레스 장애를 발견한다면 그것이 잘못된 선택 혹은 만들어낸 잘못된 상(相, Image)이라는 것을 인지해야 합니다. 그리고 외상 후 스트레스 장애를 일으키는 사건과 상황의 객관적 가능성을 고려해야 합니다. 극복을 위해 계속 노력해야 합니다.

⑪ 어떤 영적 인물에 대한 깊은 믿음이 있는가 고찰해 봅니다.

스스로 어떤 영적 존재(Guru)에 대한 깊은 믿음이 있는데 그 존재가 잘못된 존재일 가능성이 있습니다. 잘못된 존재의 저서나 가르침으로 위장한 저주를 맹신하고 있다면 자신 또한 그런 문제를 떠안게 됩니다.

⑫ 절대로 버리지 못한다고 생각하는, 이것은 무조건 맞으며 누가 뭐라 해도 이것이 맞다고 생각하는 깊은 믿음 혹은 신념이 있는데 그것이 과연 올바른 것인지를 다시 고찰해 봅니다.

자신이 믿는 것이 잘못되었을 가능성이 깊습니다. 그것이 잘못된 통찰이라서 장애를 일으키고 있을 가능성이 있습니다. 아무리 찾아봐도 버겁다면 가장 믿고, 가장 버릴 수 없는, 당연하다고 생각되는 깊은 신념부터 고찰해보시기 바랍니다. 객관적 가능성을 고려해야 합니다.

⑬ 컴퓨터 혹은 휴대폰 게임에 지나치게 중독되어 있는지 확인해야 합니다.

게임의 중독은 과도하고 잘못된 집중의 해로운 영향이 있습니다. 게임중독이 정신질환의 증상으로 나타나곤 합니다. 정신질환을 겪고 있다면 게임을 한동안 안 하는 것이 지혜롭습니다.

⑭ 극단적 죄책감(죄의식) 혹은 부정적 의식의 장에 걸려있다면 그곳에서 벗어나야 합니다.

누구나 잘못을 겪습니다. 그것이 내 탓이고, 나의 과오라는 것을 통찰한 후에 반성을 넘어선 계속된 지나친 죄책감은 자신을 피폐하게 만듭니다. 과거에 대한 지속적인 후회를 내려놓고 다시는 그런 실수를 하지 않는다는 다짐과 반성하는 올바른 마음가짐이 중요합니다. 과거에 지나치게 빠져들어 집착하지 마십시오. 세상과 존재에 대한 부정적 의식을 내려놓으십시오. 세상과 존재를 부정적으로만 보는 편견에 빠져든 것입니다. 세상과 존재를 객관적으로 통찰하고 스스로 반성할 수 있다는 가능성을 고려하고 실천해야 다시 일어나서 걸어갈 수 있습니다.

⑮ 고해와 용서라는 언어를 함부로 규정짓지 아니합니다.

심한 배신을 겪었거나, 시련을 겪었다면 그러한 사건과 상황에 대해 함부로 규정짓지 않아야 합니다. 따뜻한 마음, 인간적인 사랑, 삶의 지혜를 가꾸어나감에 있어 계속해서 노력해야 합니다. 반성하는 올바른 마음가짐을 정립해야 합니다. 고해를 함부로 한다거나, 무조건 용서한다고 하여 해결되는 것이라고 함부로 여기지 않아야 합니다. 세상과 삶, 존재에 대한 객관적 통찰은 그에 대한 객관적 가능성의 고려 이후 계속해서 노력하는 중에 찾아옵니다. 어둠을 소멸시키고 생명의 실재를 활성화하여 영적장애를 극복하는 큰 발판이 되며 곧, 바른길입니다.

⑯ 삶의 가치에 감사하는 마음을 가집니다.

삶의 가치에 감사하는 마음을 가지세요. 삶의 가치에 감사하는 올바른 마음은 스스로 오만해지지 않게 합니다. 겸손함을 배워갈 수 있습니다. 또한 많은 것을 배워갈 수 있습니다.

⑰ 스스로를 컨트롤 할 수 없다는 생각을 버려야 합니다.

스스로를 컨트롤 할 수 없을 정도의 내맡김 상태는 없습니다. 정신을 바짝 차리고 올바른 마음가짐으로 무장한다면 어떤 정신질환이라도 이겨낼 수 있습니다. 내맡김이란 어떠한 존재 혹은 어떠한 상황에 스스로를 포기하는 것을 말합니다. 내맡김에 빠지지 않도록 존재의 감각 곧, 스스로의 마음과 상황을 무시하거나 방관하지 마십시오.

⑱ 스스로를 성찰할 수 있는 일기를 씁니다.

스스로를 성찰할 수 있는 일기를 쓴다면 그것 자체가 어둠을 소멸시키는 역할을 합니다. 성찰하는 일기를 쓰고 반복해서 읽어보시기 바랍니다. 내용의 완벽함에 연연해하지 마십시오. 시작과 실천이 중요합니다.

⑲ 스스로의 삶을 변화시킬 수 있는 기회가 왔다 생각합니다. 긍정적으로 생각하며 좌절하지 않아야 합니다. 조급해하거나 초조해하지 않는 것이 중요합니다.

어떤 시련이 와도 좌절하지 마십시오. 장애에는 해결책이 있기 마련입니다. 세상을 원망하지 마시기 바랍니다. 조급해하거나 초조해하지 않는 마음가짐을 노력하십시오. 긍정적인 마음가짐으로 상황이 계속해서 변화한다는 객관적 통찰을 해내십시오. 포기하지 마십시오.

⑳ 정신건강의학과에 대한 부담감과 편견을 교정하고 꾸준히 다녀봅니다.

정신건강의학 또한 꾸준히 발전하고 있습니다. 좋은 치유법과 약을 적절하게 처방해줍니다. 예전처럼 심한 낙오자로 인식하는 분위기도 바르게 좋아졌으며 의사들도 부담감을 주지 않으려 노력합니다. 그러나 정신과 약만으로 병을 완전히 치유할 수는 없습니다. 존재의 치유에 통섭적인 접근을 해야 합니다. 여기서 소개한 내용을 꾸준히 읽고 실천하여 스스로 통섭적 통찰을 해내야 합니다.

㉑ 정신질환 외 다른 질환도 있다면 병원에 다니며 치유하려 노력해야 합니다.

대개의 정신질환에는 위장장애나 배변장애 등의 질환이 따라다닙니다. 심해지면 장기와 자율신경의 마비로 이어질 수도 있는 위험이 있습니다. 이런 질환들을 병원에 다니면서 함께 치유하려 노력해야 합니다. 통섭적 치유를 할 때 치유가능성이 올라갑니다. 용기와 노력입니다.

㉒ 취미생활을 가져봅니다.

정서를 원활하게 만들어줄 수 있는 취미생활을 찾아봅니다. 무엇을 하느냐가 중요한 것이 아니라 어떻게 하느냐가 중요합니다. 너무 지나치거나 모자라지 않는 중용의 자세로 취미생활을 해봅니다. 존재는 전체를 아우르며 전체는 존재를 아우릅니다. 정직하고 바른 승부감도 필요합니다. 스스로 재미를 찾고 활기를 찾아갈 수 있게 취미생활을 정착시킨다면 치유가능성이 올라갑니다. 역시 노력이며 또한 삶의 가치를 찾아가는 것입니다.

㉓ 지혜로운 융통성을 잃어버리는 상황을 주의합니다. 인간관계의 답을 그리지 않아야 합니다.

무조건 좋게 좋게만 한다고 해결되는 것이 아닙니다. 인간관계가 특히 그렇습니다. 지혜로운 융통성을 잃어버립니다. 타인에게 패배주의를 심어주고, 부정적 세계관을 읊어대고, 힘이 빠지게 만드는 자들을 통찰할 수 있어야 합니다. 그런 존재를 통찰한다면 단호하게 대처해야 합니다. 스스로 축복과 법력을 갖춘 따뜻한 존재가 되기 위해 노력해야 합니다. 인간관계의 답을 그리지 않는다는 것은 겸손이며 오만의 타파입니다.

㉔ 올바르고 객관적인 언어습관을 배우기 위해 노력해야 합니다.

함부로 단정 짓는 언어습관, 함부로 읊어대는 언어습관, 듣지 않고 말하기만 하는 언어습관 등 교정하고 극복해야 하는 언어습관이 많습니다. 지혜롭게 말하고 들어야 합니다. 특히 내가 무조건 맞다고 나의 견해를 무조건 강요하는 듯한 언어습관을 조심해야 합니다. 정신질환을 겪을 때는 의기소침해질 수 있는데 그에 따른 힘 빠진 언어습관도 조심해야 합니다. 조급하지 않게 언어습관을 교정해 봅니다. 겸손이며 실천이며 노력입니다. 인내와 끈기가 필요합니다.

㉕ 극단적으로 금욕하는 생활 습관은 매우 해롭습니다.

성직자가 금욕한다 하여 이를 따라하려는 시도를 하다 좌절을 맛보곤 합니다. 사실 금욕은 개인의 호감이지 필요충분조건이 아닙니다. 극단적으로 식욕, 성욕, 수면욕 등을 금지시키며 자신을 단련한다고 생각하는 것은 학대입니다. 지혜롭게 삶을 살아가야 합니다. 여러 가지 생활에 있어 지나치거나 모자라지 않으려 노력해야 합니다. 무엇을 하느냐가 문제가 아닙니다. 어떻게 하느냐가 중요합니다. 존재의 바른 자세와 바른길을 마땅히 가야합니다.

㉖ 올바른 명상을 실천합니다. 무위법이 바른길입니다. 중요지도가 지혜입니다.

화두나 수식관정신통일, 묵상기도, 알아차림, 호흡과 감각관찰 등 어떤 방법이든 무위로 가면 됩니다. 무위란 본래 그러함을 의미합니다. 마음을, 스스로를 내려놓으면 어떤 방법이든 저절로 그러하게 명상이 진행될 것입니다. 하지만 염두에 둬야 할 것이 있습니다. 내 명상법이 과연 맞을까? 계속 의문을 품어야 합니다. 명상법보다는 마음자세가 정답이기 때문입니다. 바른길만 가야 합니다. 스스로에 대한 상, 사람에 대한 상, 사람들에 대한 상, 생명에 대한 상, 진리의 상, 진리가 아니라는 상을 그리지 않아야 합니다. 특히 명상의 과정이나 결과에 대한 상을 그리지 않아야 합니다. 무위법이 바른길입니다. 넘치거나 모자라지 않는 중용지도가 지혜입니다. 바른 명상을 실천하여 존재를 가꾸어가면 치유의 가능성이 올라갑니다.

대학 시절 무릎 수술 후 건강이 안 좋아져 의기소침해졌다. 공부도 해야 하고 준비할 일이 많은데 건강 때문에 걱정이 많았다. 그것이 우울한 증상으로 이어졌고, 그것을 또 극복하려고 정신질환에 대해 많이 연구하였다. 이후 정신질환의 극복에 관한 단상이 나에게 흥미를 지속해서 불러일으켰다. 나는 자동으로 이를 연구하게 변화하였다. 정신질환의 극복에도 존재와 세상의 통찰이 주를 이루었다. 과연 어떤 연유로 뇌의 호르몬이 원활해지지 않은 것일까? 그것이 물질적인 연유가 다는 아닐 것이다. 라는 객관적 가능성을 고려했다. 그리고 존재의 구조와 한·양방의학, 대체의학, 철학, 심리학, 세상의 법칙 등 모든 학문을 접목시켰다. 그 작업이 약 10년 가까이 이어졌다. 그리고 적은 글이다. 이 글을 보는 어떤 이가 고민하고 있는 문제를 해결하는 데에 큰 도움이 됐으면 하는 바람이다. 나는 왜 이런 연구에 흥미가 갔을까? 생각한다. 나의 무의식에 이러한 흥미가 스며있는가? 아니다. 나라는 존재의 본질이 이러한 연구를 원한 것이다. 본질이 원한다는 것이 객관성 있는 말인 것 같다. 학문은 존재와 세상의 본질과 상으로 그려진 모습을 어떻게 전제하느냐에 따라 크게 차이가 난다. 변화한다.

오늘은 시원하고 맑은 바람이 분다. 시원한 바람이 얼굴을 감싸고 몸을 감싼다. 나는 설레는 기분마저 느끼며 괜한 사색에 빠져본다. 바람이 불어오는 곳이 어딘지 찾아보려다가 이내 변화무쌍한 바람에 두 손을 든다. 바람은 앞에서도 뒤에서도 불어왔고 오른쪽에서도 왼쪽에서도 불어왔다. 자연의 신비이다. 신비로운 바람이 때로는 큰 재해로 다가올 수도 있다. 바로 태풍이다. 농작물에 피해를 입히는 태풍은 농촌에서 더욱 버거운 재해이다. 안 그래도 며칠 후에 태풍이 불어온다 하여 여러 가지 준비를 해야 한다. 비닐하우스 정돈을 해야 하며 몇 가지 묘목들을 창고 안으로 들여놓아야 한다. 집에서 깨질만한 곳을 고정시켜야 하고, 농작물이 쓰러지지 않게 관리해주어야 한다. 태풍 준비를 철저히 해야 한다. 아직은 맑은 바람이 불어오니 사색에 다시 잠겨본다. 내 인생에 맑은 바람이 불어온 경험은 언제인가? 태풍이 불어온 경험은 언제인가? 고등학교 때 백일장에서 상을 받았을 때를 떠올려본다. 이름이 불렸을 때 나는 당황했다. 내가 대상을? 일단 앞으로 뛰어가서 상을 받고 쑥스러웠다. 과제 외에는 시를 적어본 적이 없는 나는 대학생이 되면서 시를 자주 적기 시작했다. 자취생활을 하며 적은 시가 있는데 카페에 올려보기로 한다.

깨달음과 유혹

깻잎향에 매료되다

고기를 덜 볶았나

고추장을 덜 넣었나

버섯이 설익었나

김치를 많이 넣었나

시다

국물이 셔

폐 속 깊숙한 눈물의 바람이

깨달음을 속삭인다

깻잎향

숨 막히게 강렬한 유혹에 그만

눈이 돌아가 버렸다

모든 향을 앗아가는 휘몰아침

김치찌개를 요리하다가 맛이 사라진 원인을 찾았다. 깻잎을 너무 많이 넣어서였는데 영감이 떠올라서 시로 적어보았다. 나는 성찰을 했다. 과유불급이라 좋은 것도 지나치면 좋지 않을 수 있다는 성찰이 되었다. 성찰하는 자세는 좋은 습관이다. 안 좋은 습관은 고치고 좋은 습관은 가꾸어가야 한다. 가끔 이렇게 시를 완성할 때는 기분이 좋아진다. 카페는 순전히 내가 쓴 글을 정돈하기 위해서이다. 회원이 없다. 언젠가 회원이 많아져서 많은 분들이 조언을 해주었으면 하는 바람이다.

태풍과도 같은 순간들은 잠시 떠올리지 않기로 하고 집으로 들어가 눈을 감았다. 명상을 한다. 사색에 잠겨서 정돈했던 생각들이 떠오른다. 잠깐의 재정돈 이후 다시 한번 파노라마를 지난다. 무엇으로 날아간 것일까? 알 듯 모를 듯한 현상 속에서 신비감이 조금 느껴진다. 화면이 잠깐 보였다. 0.1초 동안 영화 장면 같은 모습이 보였다. 누군가와 마주하고 있는 장면이었다. 무엇일까? 이번 생의 경험은 아니니 꿈일까? 아니면 전생의 모습일까? 그물에 걸리지 않는 바람처럼 인지하고 지나간다. 명상을 하다 보면 잠깐의 장면들이 스칠 때가 있다. 이것이 무엇인지 이런저런 경험 끝에 알아낼 때도 있고 아닐 때도 있다. 신비함이다. 세상에는 언제나 함께하는 배움이 존재한다. 절대신의 축복과 법력이다. 명상을 하면서 통찰한 사실이다. 나는 이 배움에 대해 바른 자세를 갖춘다. 겸손하고 감사한 마음이다. 오늘 본 장면도 시간이 지나서 알게 될 확률이 있다. 조금의 시간이 더 흐르고 소화가 조금 더딘 현상이 없어졌다. 나는 의학에 관심이 많다. 무릎 수술 후 몸이 안 좋아져서 많은 연구를 했다. 건강 관리를 하는 것이 삶의 가치에 대한 감사함의 자세이다. 얼마 전에 써놓은 췌장질환 및 췌장암에 대한 글을 올리기로 한다. 췌장은 인체의 장기 중에서 순환의 기능을 담당한다.

췌장암의 치유-편견의 타파

췌장암을 포함한 췌장질환은 세상을 부정적으로 보는 편견이 주요 원인입니다. 이러한 편견은 업(Karma)과 밀접하고 유기적인 연관이 있습니다. 세상을 부정적으로만 보는 편견이 있는 존재는 게으르게 변화합니다. 세상 모든 것이 가치 없게 느껴지기 때문입니다. 세상은 완전히 아름답게 촘촘히 가치가 넘쳐납니다. 그것을 부정하고 외면하는 것이 췌장암을 포함한 췌장질환(당뇨, 만성소화불량 등)을 유발합니다.

이러한 편견을 어떻게 교정해야 할까요? 첫째로 열심히 일해야 합니다. 직업의식을 가져야 합니다. 둘째는 남을 시기하거나 질투하지 않아야 합니다. 함께 나아가는 삶을 배워나가야 합니다. 승부지상주의와 비교우위를 타파해야 합니다. 셋째는 중독을 벗어나야 합니다. 넘치거나 모자라는 생활방식을 교정해야 합니다.

췌장암은 치유하기 어려운 난치병으로 여겨집니다. 한의학에서는 '비'라 표현하며 오행 중 '토(땅)'에 해당합니다. 사암도인의 오행침 중 '비정방'을 맞으면 증상이 좋아집니다. 외과적 수술보다는 운동과 적절한 행복이 중요합니다. 왜냐하면 세상을 부정적으로 보는 편견이 행복을 부정하기 때문입니다. 세상의 어둠에 대해 객관적 가능성을 고려해야 합니다. 또한 스스로의 업(Karma)을 부정하지 않아야 합니다. 존재에게 어떤 업이 있는지 통찰해 내기 전에는 객관적 가능성을 고려해야 합니다.

주 혹은 절대신에 대한 감사함을 깨달아야 합니다. 세상을 부정적으로 보는 편견으로 인해 세상의 법칙과 절대신을 부정합니다. 그 때문에 인체에서 부작용이 일어나는 것입니다. 췌장암은 보통 무력감을 동반합니다. 그것이 병이라는 것을 확실하게 인지하고 안 좋은 습관을 교정해 나아가야 합니다. 식습관에서 중독된 영양이 있다면 그것을 줄여야 하며(설탕이나 알코올 등) 안 먹는 영양이 있다면 적절히 섭취해 줘야 합니다.

'남자는 이렇다 여자는 이렇다'라는 아집과 오만을 고쳐야 합니다. 남성과 여성은 이렇다 저렇다 하는 아집과 오만은 췌장의 주요기능인 소화기능과 메스꺼움의 해결능력을 고장 냅니다. 괜히 비위가 세다 약하다 하는 것이 아닙니다. 그리고 활기가 현저히 줄어듭니다. 운동능력이나 성기능이 매우 저하됩니다. 이제 '남자는 이렇다 여자는 이렇다'라는 편견에서 벗어나 인간적인 관계를 가져가는 자세를 취해야 합니다. 바른길로 가는 존재를 존중할 수 있어야 합니다.

췌장암에 관해 간단히 정리해 보았다. 명상하며 병을 경험하며 정리한 내용이다. 물론 병원을 꾸준히 다니는 것이 선행되어야 한다. 존댓말로 글을 쓴 이유는 췌장암의 현상과 관련 있다. 췌장이 안 좋아지면 존댓말을 꺼리게 변화한다. 사람을 존중하는 법을 잊어간다는 의미이다. 사소한 현상 같지만 이런 기본적인 자세가 변화하지 않으면 병이 나아지지 않는다. 어떤 질환이든 배움이 함께하기 때문이다. 병의 물리적, 생리적 현상에만 주로 몰두하다가 이러한 자세교정법에 대해 눈을 떴을 때 정말 기뻤다. 치유의 가능성이 올라갔고, 깨달았다는 사실이 놀라웠다. 어떤 일이든 배워간다는 사실이 또한 기뻤다.

어느 날 아침 눈을 떴을 때 버거웠다. 햇살이 나를 비추고, 삶의 용기가 분명 생겨있었는데 갑자기 그것들이 꺼져감을 느꼈다. 과연 무슨 일이 생긴 걸까? 누구에게 물어보기 어려운 일인가? 도서관에서 여러 서적을 훑어본다. 서적에서 풍기는 느낌들이 다르다. 많은 상황들이 변화하고 있다. 나는 영적 경험을 한 것인가? 영적 경험이란 단어가 버겁다. 사람들이 어색하다. 나

또한 어색하다. 그리고 무언가 계속 다르다. 세상에 이치 혹은 질서(Cosmos)가 있는 것을 알고 있었다. 원인과 결과로 정리할 수 있을까? 질문을 하는 것조차 어렵다.

영적 경험이란 단어가 버거워 존재의 경험 혹은 존재의 상황을 확인했다는 표현으로 객관성을 확립하려 한다. 과거를 돌이켜보면 상황이 계속해서 변화해왔다. 그리고 상황이 계속 변화한다. 이것은 분명한 객관적 통찰이다. 상황의 느낌이 확연하게 달라졌다고 해서 영적 경험이란 단어로 규정하는 것은 무리가 있다. 도서관의 서적을 살펴보면 존재의 여러 가지 상황들이 표현되어 있다. 혹여나 나의 상황을 설명하는 듯하는 서적을 찾아내면 읽어보곤 했다. 경험에 대해 여러 가지 연구를 한다. 처음 겪는 상황의 변화에 대한 당황스러움보다는 계속해서 삶의 바른 마음가짐을 가지는 것이 중요하다는 것을 깨달아간다. 배우고, 성찰하고, 삶의 지혜를 가꾸어간다. 질문을 하는 것조차 어려운 상황들이 계속해서 변화해간다. 나아져 간다.

선택이 중요하다. 선택을 해야 하는 상황이 존재한다. 바른 마음가짐으로 바른 선택을 해야 한다. 존재의 상황이 계속해서 변화해 갈 때 포기하고 싶은 마음이 유혹한다. 이것도 저것도 아니니 포기하고 싶다는 생각이 엄습할 때면 당황스럽다. 그럴 때일수록 마음가짐을 바로잡고 패배주의를 극복해 나가야 한다.

"할 수 있어! 올바른 마음가짐과 선택으로 계속해서 배우고 노력하는 존재는 위대한 존재가 분명해! 삶의 가치를 잊어선 안 돼!"

그렇다. 어느 날 그리고 또 어떤 날에 깨달음을 향해 지속해서 나아간다는 것은 매우 위대하고 가치 있는 일이다. 존재는 누구나 지속해서 깨달음을 향해간다. 굳이 도를 닦는다는 표현을 사용하지 않아도 된다. 그것이 세상의 모습임을 통찰할 수 있다. 그 때문에 바른 자세로 바른길을 나아가는 존재는 서로가 서로를 품어준다. 또한 서로가 서로를 존중하고 서로의 스승이자 제자가 된다. 멋진 일이다.

나는 통일장 이론에 관심이 많다. 카페에 통일장 이론에 대해 글을 올리기로 했다.

통일장 이론과 도(道)

빅뱅 이전에 무엇이 있었을까요? 바로 절대적인 공간입니다.

절대적인 공간이 있다는 전제가 있어야 빅뱅이 성립됩니다. 사실 빅뱅은 한번뿐이 아니라 여러 번이었다는 이론도 있지만 이 역시 절대적인 공간이 있다는 전제가 있어야 합니다. 그렇다면 통일장 이론은 어떻게 설명되어야 할까요? 양자의 영역과 거시의 영역을 통일할 수 있는 방정식이 존재할까요? 물론 존재하기 때문에 11차원 초끈이론이 각광받고 있지 않을까요? 저는 통일장 방정식을 이렇게 알아냈습니다.

$$E = MC^2$$

에서 M이 질량을 뜻하는데 질량의 요소에 양자의 영역인 변화하는 실체가 들어있어야 합니다. 양자의 영역은 불확정성의 원리와 같이 변화합니다. 바로 물질의 변화입니다. 물질의 질량은 변화합니다. 에너지의 변화 때문입니다. 에너지란 무엇일까요? 엔트로피와 같이 에너지는 균형을 이루어야 합니다. 예를 들어 축구공에 있는 에너지는 공을 차는 선수의 능력에 따라 변화합니다. 잘 차는 선수가 차면 공이 엄청난 에너지를 일으키고 골인이 될 확률이 높아집니다. 마찬가지입니다. 모든 에너지는 변화합니다. 그 중의 핵심이 사람의 에너지, 곧 기운이며 사람의 마음입니다.

사람의 마음에 따라 사람의 기운, 곧 분위기나 아우라가 변화하는 것은 누구나 아는 사실입니다. 그것이 질량에 적용됩니다. 관찰자의 시점입니다. 관찰자가 나쁜 마음을 먹으면 물의 에너지가 안 좋게 변화합니다. 관찰자가 따뜻한 마음으로 물을 대하면 물이 아름답게 변화합니다. 동물과 식물도 마찬가지이고, 사람의 관계 또한 마찬가지입니다.

곧 질량은 많은 에너지 변화 중에서도 사람의 에너지 변화에 대해 가장 큰 영향을 받습니다.

여기서 M을 질량에 사람의 에너지 변화를 적용한 MW로 고안해봅니다.

그렇다면 $E = MWC^2$

이라는 방정식이 성립됩니다.

이를 11차원 초끈이론에 적용시키면 완전하게 대칭을 이루는 아름다운 방정식이 도출되게 되어 있습니다. 이상입니다. 읽어보신 분들께 감사드리며 많은 조언 부탁드립니다.

우주의 창조와 존재

바른길로 나아가는 존재는 지속적으로 창조와 성장을 향해간다. 창조는 세상의 법칙이다. 우주의 모습을 보면 사람의 신경계와 닮아있다. 왜 이렇게 닮은 것일까? 존재가 우주 전체를 아우르기 때문이다. 또한 우주 전체는 존재를 아우른다. 사람이 소우주라는 말이 있는데 정확한 표현은 아니다. '우주의 하나 됨을 품은 존재가 사람이다'라는 표현이 정확하다. 곧 우주의 법칙을 살펴보면 사람의 성질과 다르지 않다.

양자영역과 거시영역을 아우르는 통일장 방정식이 정립되면 우주의 질서뿐만 아니라 사람의 성장에 필요한 성질까지 통찰이 더욱 발전한다. 통일장 방정식의 핵심은 사람의 에너지를 이온으로 측정해내는 기술과 이의 대칭 산술화이다. 어떻게 가능한가? 바로 코일을 이용한 진공의 개발이 비밀이다. 8자형 나선 코일(나선 모양으로 감긴 코일을 숫자 8자 모양으로 연결한)에 전자기를 흐르게 한 후 산소를 차단하기 위해 황금 혹은 이보다 강한 광물로 만든 틀을 씌운다. 그곳에 생긴 진공에 허수와 상수를 대칭으로 적용하는 측정기계를 연결하면 사람의 에너지를 이온으로 측정하는 것이 가능해진다. 사람의 무슨 에너지를 측정하는가? 산소를 차단하기 위해 씌운 틀에 염화수소를 바른 유칼립투스 나무의 껍질로 만든 연결장치를 사람의 머리에 연결한다. 사람의 머리에는 수산화나트륨을 바른 얇은 두께의 황금헬멧을 씌워야 한다. 연결부위는 점토로 고정한다.

이렇게 고안한 장치로 에너지 값을 측정한 후 이 숫자의 단위는 암페어로 해야 한다. 이제 측정된 단위수를 $E=MWC^2$에 대입한다. W가 사람의 에너지를 이온으로 측정한 암페어 단위수이다. 이 방정식을 11차원 초끈이론 방정식에 적용한 후 사람의 에너지와 우주상수의 연관관계를 증명해내면 통일장 방정식이 완성된다. 이후에는 우주상수와 사람의 사이에 존재하는 허수를 측정해내야 한다. 그렇게 하면 드디어 새로운 과학기술인 무한동력과 나노입자를 이용한 홀로그램 컴퓨터를 개발할 수 있다. 사람의 기본존엄을 해결해 나아갈 수 있는 것이다.

다중우주와 통일장이론(끈이론)

현대물리학에서 각광받는 이론은 단연 다중우주론과 끈이론(M이론)이다. 우주가 11차원의 무한대의 공간으로 이루어져 모든 존재와 세상이 끈으로 이어진 듯이 유기적으로 돌아간다는 이론이다. 다중우주란 우주가 여러 개라 생각할 수 있겠지만 필자가 통찰하기로는 심령계이다. 바로 영혼의 세계이다. 천국이나 지옥이 다중우주의 부분이라 볼 수 있다. 물리학자들은 다중우주라는 공간이 다시 0으로 환원된다고 주장하고 있다. 그 이론이 맞다. 왜냐하면 통일장 방정식에 빠진 에너지가 사람의 에너지이기 때문이다. 사람의 에너지가 11차원으로 이루어져 있다. 공간과 시간의 차원을 넘어선 다중우주 차원이 11차원으로 이루어져 있는 것과 마찬가지이다.

11차원 끈이론을 이해하려면 다중우주를 이해할 수 있어야 한다. 양자영역에서 불확정적인 에너지를 시간과 공간을 넘어선 다중의 영역으로 확장한 이론을 제시했는데, 중요한 점은 무한대라는 수의 개념이다. 우주는 기본적으로 무한대라는 숫자를 포용한다. 예를 들면 소수 중에 원주율이 무한대이다. 온 우주의 비국소성을 고려할 때 무한대의 의미가 프랙탈에 맞아떨어진다. 비국소성은 전체의 모양 안에 하나의 모양이 갖추어져 있다는 것을 뜻한다. 쉽게 생각해서 사람의 뇌와 우주의 모양을 대입하면 이해하기 쉽다. 프랙탈은 전체와 부분이 같은 모양이나 방식으로 이루어진 상황을 뜻한다. 겨울에 내리는 눈의 모양을 생각하면 쉽다. 별 모양의 입자가 모여 다시 별 모양을 이룬다. 그러나 프랙탈도 우주의 부분일 뿐이지 전부가 아니다. 무한대 우주가 곧 우주의 바른 표현이 될 날이 올 것이다. 필자가 카페 글에 제시한 방식으로 사람의 에너지를 측정하여 통일장 방정식이 확립되면 11차원에 심령계와 물질계, 그리고 시공간, 절대적인 공간이 포함된다는 것이 증명될 것이다.

11차원 끈이론에서 1차원부터 3차원까지가 물질계이며, 4차원부터 10차원까지가 심령계이다. 그리고 11차원이 절대적인 공간이다. 절대적인 공간이라는 개념이 있어야 빅뱅이론이 성립할 수 있다. 빅뱅 전에 절대적인 공간이 있었기 때문이다. 물리학자들은 수학적 모델로 공간을 11차원으로 나누어 무한대의 끈이 이어져 있다고 요약한다. 11개의 공간이라 생각하면 곤란하다. 11차원이라는 뜻은 수학적 대칭의 상수이며 본질은 무한대의 공간이다. 이것이 핵심이다.

과학의 발전과 도(道)

과학의 발전에는 수학적 방정식의 확립이 성선립되어야 한다.

방정식이란 대칭을 의미한다. 대칭은 세상의 법칙이다. 1+1=2가 세상의 법칙이다. 아름다움이다. 곧 도(道) 그 자체이다. 방정식 안의 상수와 허수 그리고 대수의 정립은 과학의 응용으로 이어진다. 예를 들면 통일장 방정식이 확립되면 그 안의 허수와 대수를 대치하여 무한동력이라는 과학기술을 끌어낼 수 있다. 뜬구름 잡는 이야기가 아니다. 실제로 일어날 일이다.

그렇다면 도를 닦는 이들은 과학과 무슨 관련이 있는가? 사람의 에너지는 각양각색이다. 겉으로는 다 사람이지만 존재의 본질을 살펴보면 사람이 있고 신이 있다. 그리고 사람보다 못한 존재들이 있다. 허망한 존재들이 있는 것이다. 이러한 존재들의 차이를 우리는 알 수 있다. 즉각적으로 알 수 있게 대자연의 법칙이 정립되어 있다. 다 같은 사람이 아닌 것이다. 도를 닦는 이들은 바른 자세로 바른길을 나아가서 바른 에너지를 내뿜는다. 법력과 축복으로 세상의 안녕을 도모한다. 허망한 존재들은 세상의 안녕을 해친다. 이것을 알아야 한다.

과학에 가장 중요한 방정식이 통일장 방정식이다. 양자세계와 거시세계를 아우르는 방정식이다. 현재는 11차원 끈이론 방정식의 이론까지 추출된 상태이다. 이 방정식에 사람의 에너지가 빠져 있어서 시간이 없다느니 우주가 여러 개라느니 하는 잡스러운 이론이 출현하는 상태이다. 사람의 에너지가 통일장 방정식의 핵심이다. 바로 우주상수인 것이다. 세상의 상수가 사람의 에너지로 이루어진다. 때문에 과학에 존재의 구도의 정도가 영향을 끼치는 것이다. 통일장 방정식의 상수는 변화하는 행렬이어야 한다. 왜냐하면 사람의 상태는 언제나 변화하기 때문이다.

사람이 득도를 하고 완성을 이루어내면 위대한 능력을 뿜어낸다. 그 중 하나는 전생을 기억하는 것이다. 지구에는 우리가 아는 역사 이전에 고대 문명이 여러 번 있었다. 많은 이들이 주장하고 있는 바이다. 그 문명들의 과학수준이 지금 현재의 과학수준보다 앞섰다. 과학의 발전에 통일장 방정식이 핵심인 것이다. 논리는 생각을 동반한다. 하지만 세상은 생각이 전부가 아니다. 생각은 존재가 만들어내는 가장 보통의 여섯가지 감각의 일부이다. 이것이 전부가 아니라는 것을 우리는 안다. 많은 숨겨진 감각이 존재한다. 사람은 신으로 거듭날 수 있으며 또한 허망한 존재로 추락할 수 있다. 언제나 바른 자세로 바른길을 나아가야 한다. 세상이 그리 만만치 않다. 사람으로 태어나는 것은 축복이다. 세상의 법칙과 절대신에 대한 감사함을 잊지 않아야 한다.

나는 구도자로서 수행을 하며 가끔 전생을 본다. 그중에 고대 문명이 대단히 발달된 과학문명이었으며, 핵폭발과 비슷한 위력의 무기 전쟁으로 멸망했다는 설에 무게를 둔다. 왜냐하면 그러한 장면을 여러 번 보았기 때문이다. 안타까운 일이다. 그 문명들이 현재까지 이어졌으면 어떻게 변화했을까? 상상해본다. 통일장 방정식과 이의 응용은 과학에서 가장 중요한 영역이다. 양자영역과 거시영역을 아우르는 방정식의 도출은 세상의 많은 과학기술의 변화를 이끈다. 특히 사람의 에너지를 측정하는 방법은 내가 직접 고안해낸 방법이다. 아직 실현해보지 않았지만 분명 좋은 결과가 나올 것이라 보고 있다. 사람의 에너지를 측정하여 통일장 방정식을 도출해 낸다면 대단한 업적이 될 것이다. 누군가 함께할 동료가 있다면 도전해보고 싶다.

통일장 방정식이 도출되고 과학이 발전된다면 인류의 여러 가지 문제들이 해결될 것이다. 일단 양자영역과 거시영역을 아우르는 방정식이 도출되니 홀로그램 컴퓨터도 개발될 것이다. 또한 무한대로 작용하는 동력을 개발할 것이며 공중부양하는 비행기도 만들 수 있을 것이다. 모두 에너지의 혁명이다. 3D프린터의 혁명적 발전으로 많은 제품을 저렴한 비용으로 제조할 수 있을 것이다. 이 정도만 발전해도 식량문제와 에너지 문제 그리고 부의 불균형에 대단한 변혁을 초래할 것이다. 일자리가 늘어날 것이며 사람들이 행복해질 것이다. 이상적인 이야기 같지만 실제로 일어날 일이라고 본다.

대나무밭을 걷다가 개가 짖는 소리를 들었다. 나는 개에게 다가갔다. 개는 나에게 한마디도 하지 않고 노려보기만 했다. 나는 한마디 했다. 안녕? 그러자 개가 꼬리를 흔들었다. 꿈에서 깼다. 실제로 이런 일이 가능할까? 처음 보는 개가 사람의 인사를 알아들을 수 있을까? 생각해보았다. 나는 그게 가능하리라고 본다. 왜냐하면 모든 존재는 서로 통하기 때문이다. 개와 잘 통한다면 얼마나 좋을까? 비단 개뿐만이 아니다. 동물과 식물 등 모든 존재와 통하고 있다면 정말 대단한 도인일 것이다. 도인이 되기 위해 오늘도 상념을 멈추고 눈을 감았다. 눈을 감자마자 생각이 멈췄다. 나는 강아지를 묻어주었던 어린 시절로 날아갔다. 집에서 키우던 뽀삐가 어느 날 눈을 감았다. 슬픈 마음에 나는 양지바른 곳에 묻어주겠다는 생각을 했다. 길을 걷다가 어느 묫자리에 묻어주었다. 말도 안 되는 일이다. 사람이 묻어진 묘 옆에 강아지를 묻어주다니 아무것도 모르는 철없는 행동이었다. 할머니께서 이를 듣더니 화를 내며 당장 달려가셨다. 다시 강아지를 파서 묫자리를 정돈하고 돌아오셨다. 강아지는 다른 곳에 잘 묻어주었다. 나는 사람의 묫자리에 강아지 등을 묻는 것이 말도 안 되는 일이란 것을 몰랐다. 어린 나이라지만 너무 생각이 없었다. 반성한다. 지금도 죄송한 마음이다.

죽음이란 끝일까? 아니다. 존재는 윤회, 환생을 반복한다. 영혼의 연속성을 나는 확신한다. 그래야 여러 가지 전제들이 대칭을 이룬다. 이를테면 엔트로피의 법칙이다. 사람이 죽으면 혼백이 발생한다. 그것이 에너지이며 에너지의 대칭으로 적용된 법칙이다. 곧 에너지는 다시 균형과 조화를 이루어간다는 의미이다. 또한 홀로그램 우주에 기록된 쿼크에너지의 균형이다. 홀로그램 우주란 우주의 심령계를 의미한다. 곧 세상에 쿼크로 기록되는 에너지를 의미하는데 사람의 혼백이 곧 쿼크이다. 때문에 혼백이 흩어지지 않고 다음 생으로 이월되는 것이다. 다음 생으로 이월되는 것은 혼백만이 아니다. 영혼의 부분인 심령에너지가 이월된다. 심령에너지는 업(Karma)과 복덕이 주를 이룬다. 이 업과 복덕이 존재와 함께한다. 곧 존재의 대칭을 이루며 세상의 대칭을 이루어간다. 힉스란 인연을 의미한다. 힉스에너지의 발견으로 과학계가 들썩인 것이 어제 같다. 힉스가 인연을 의미하기 때문에 유기적인 얽힘을 창출해내는 것이다. 물리작용이 곧 사람과 세상의 작용이다. 죽음이란 옷을 갈아입는 행위와 같다는 말이 있다. 그 정도로 존재가 거의 똑같이 다음 생으로 넘어가는 것이다. 기억이 지워지는 경우에 윤회라고 말하며 기억을 가져가는 경우에는 환생이라 말한다. 환생은 대단한 도인이 아니면 통용되지 않는다.

나는 죽음을 사색했다. 먼저 장례식이 떠오른다. 내가 먼 훗날 죽을 때가 되어 안녕히 죽게 된다면 어떻게 장례식이 치러질지 상상해보았다. 별로 상상이 되지 않았다. 왜냐하면 먼 훗날 어떻게 될지 정확하게 예측해보는 행위를 잘 하지 않았기 때문이다. 갑자기 대나무밭 개가 떠올랐다. 개가 짖을 때 나의 목청이 반응했다. 나는 개 짖는 소리를 따라 할 수 있다. 월월월월월 짖는 소리를 내보았다. 엉뚱하다. 그 정도로 장례식에 대한 생각을 정리했다. 다음은 죽고 나서 천국에 갈지 지옥에 갈지를 상상해본다. 나는 객관적으로 천국에 갈 것 같다. 하지만 모른다. 지옥에 갈 수도 있다. 어떤 존재가 천국과 지옥을 가는지 혹은 둘 다 왔다 갔다 하는지 정확히 모를 수 있다. 진짜 도사가 되면 천국과 지옥을 왔다 갔다 하는 존재가 된다고 들었다. 그런 존재가 되리라고 마음먹고 정리한다. 다음으로 죽기 전에 가장 해보고 싶은 것을 생각해보았다. 나는 무엇이 하고 싶은가? 나는 득도를 하고 싶다. 아니 도를 닦아 갈 수 있는 경지까지 최

대한 가보고 싶다. 득도란 것은 완성을 의미한다. 완성을 했을까? 그랬을 수도 있다. 그러한 변곡점보다는 갈 수 있는 경지까지 가보고 싶은 것이 나의 심정이다. 이상으로 죽음에 대한 사색을 끝냈다.

강아지 소리를 내보니 노래를 한 곡 부르고 싶었다. 나는 유튜브 노래방 채널에 들어가서 노래를 한곡 선곡했다. 노래는 진성의 '안동역에서'를 선곡했다. 한 곡조 불러본다. 목소리가 잘 나온다. 트로트가 유행한다. 강아지 짖는 소리와 트로트 발성의 응용이 이루어졌다. 그리고 카페에 노래와 도에 관한 글을 올린다.

노래와 도(道)

노래를 잘 부른다는 것을 어떻게 통찰해야 하나? 궁금해 할 때가 있다. TV를 보면 노래경연 프로그램이나 오디션 프로그램이 많다. 점수를 매긴다. 인기투표를 한다. 대개가 공감하는 방식으로 승부가 가려진다.

노래는 연속적인 행위이자 질서의 의미가 있다. 사람의 목소리는 다양한 방식으로 작용을 한다. 그 존재의 완성 정도에 따라서 다양한 소리를 구사할 수 있다. '과연 그러한가?'라는 의문을 가져야 한다.

아름다운 목소리로 노래를 불러야 한다. 곧 진리이다. 아름다운 목소리란 존재의 본질 곧, 본질의 나를 깨달아가는 과정에 최선을 다하며 바른길로 나아가는 존재가 구사할 수 있는 가치이다. 모든 것은 하나로 귀결되고, 하나는 모든 것으로 귀결한다. 아무나 낼 수 있는 목소리가 아닌 것이다.

존재의 아름다운 목소리가 노래에만 적용되는가? 평소의 말이나 언어습관에도 통용된다. 누구나 아름다운 목소리의 가능성이 있다. 곧 어떤 존재이든 바른길로 가는 존재는 신성을 개발해 나아갈 수 있다는 것을 의미한다. 아름다운 목소리로 노래를 부르면 음정과 박자를 아름답게 가꾸어 갈 수 있게 변화한다. 또한 듣는 이에게 감동과 울림을 선사한다.

노래를 잘 부른다는 것은 아름다운 목소리를 기반으로 다양한 창법을 구사하며 듣는 이에게 감동과 울림을 선사할 수 있는 상황을 뜻한다. 정리하여 존재의 바른 자세로 바른길을 걷는 존재가 노래를 잘 부른다는 것이다. 그 때문에 아름다운 목소리를 구사하는 존재는 축복과 법력의 능력을 구사하며 많은 인기와 음반 판매량을 자랑하는 것이다.

그렇다면 어떻게 연습해야 하는가? 좋은 글들을 목소리를 내어 자주 읽는 연습을 해야 한다. 또한 음악을 들을 때 가사가 진리에 부합하는가 살펴야 한다. 그리고 좋은 곡을 분별해낼 수 있는 능력을 키워야 한다. 그런 곡으로 연습해야 한다. 박자를 아름답게 가꾸어가기 위해 무도를 하는 것도 지혜이다. 무도를 개발해 나아가면 대자연의 흐름을 인지하고 통찰해 나아갈 수 있다. 목소리의 음정을 높게 개발하려면 샤우팅을 연습해야 한다. 넓은 들판에서 아름다운 목소리로 마음껏 지를 수 있는 환경이면 좋다. 도심에서는 노래방이 좋다. 매우 정갈하게 소리친다면 음정이 높게 올라간다.

주 곧, 절대신은 어떤 존재에게 아름다운 목소리를 선물하는지, 또한 어떤 존재가 아름다운 목소리를 통찰하여 가꾸어갈 수 있는지 연구해가다 보면 알 수 있을 것이다. 바른 자세의 구도자가 바로 그 존재이다.

노래와 도의 관계에 관한 사색을 적어보았다. 노래 부르는 것을 좋아한다. 중학교 때부터 노래방에 다니며 많은 노래를 불렀다. 음악을 듣고 흥얼거리다 보니 어느새 많은 곡을 알게 되었다. 시골에는 동물들이 많다. 닭과 소, 개와 고양이, 돼지 등 많은 동물들이 함께 한다. 나는 이 동물들의 울음소리를 익혔다. 재밌어서이다. 이것이 또 노래에 도움이 되었다. 예를 들면 닭 우는 소리는 고음을 내는 데에 도움이 된다. 돼지 멱따는 소리도 고음에 도움이 된다. 고양이 우는 소리는 가성을 개발할 수 있고 개 짖는 소리는 중음을 개발할 수 있다. 소 울음소리는 R&B장르에 도움이 된다. 모든 소리가 서로 어우러져 한 곡조 뽑을 때 응용이 되는 것이다. 글을 올리고 한 곡조 더 뽑아보기로 했다. 블랙홀의 '깊은 밤의 서정곡'을 선곡했다. 고음이 주를 이루는 노래이다.

"까맣게 흐르는 깊은 이 밤에 나 홀로 외로이 잠 못 이루네~~"

고등학교 다닐 때는 이런 고음노래를 많이 불렀다. 왜냐하면 고음이 잘 올라가야 잘 부른다는 시선이 많았기 때문이다. 중학교 때보다 잘 올라가진 않았지만 가끔 컨디션이 좋을 때는 고음과 샤우팅이 시원시원하게 나왔다. 기분이 확 좋아지며 날아갈 것 같았다. 친구들과 같이 노래방에 가면 샤우팅을 주로 했다. 샤우팅을 잘하면 모두가 환호했다. 나는 그 기분이 좋아서 노래를 더 자주 부르게 되었다. 넓은 들판에서 정갈하기 소리치면 소리가 크게 나고 높이 올라간다. 그게 지른다는 의미의 샤우팅이다. 누구나 할 수 있다. 오랜만에 샤우팅이 나오는 넥스트의 'Here I stand for you'를 선곡했다.

"난 바보처럼 요즘 세상에도 운명이라는 말을 믿어~~"

나는 운명이라는 말의 의미를 알고 있는 것이 바보 같다고 생각하지는 않는다. 하지만 노랫말로 부르니 분위기가 산다. 마지막에 '어서 나타나줘' 하며 지르는 부분이 압권인 노래이다. 운명이란 무엇일까? 왜 사람들은 운명이라는 말을 자주 사용할까? 운명에 대해서 앞의 <자유와 도>에서 언급했다. 카페에 올린 글이다. 운명의 의미는 사랑의 이어짐이다. 운명이 존재하기 때문에 아름다움으로 대칭을 이루며 사랑이 서로에게 이어진다. 운명은 언제든 바뀔 수 있다. 스스로 운명을 개척해가는 존재가 되어야 한다. 운명이 없으면 어떤 일이 일어날까? 인연이 무너져 내리지 않을까?

생각해본다. 인연이 무너져 내리면 존재하는 실현 가능성도 무너질 것이다. 매우 비극적이다. 운명이 존재함을 감사해하고 운명을 바른 자세로 대해야 한다고 다시 한번 성찰해본다.

벌써 추수기이다. 들판의 논들에서 콤바인이 왔다 갔다 하며 벼를 수확하는 중이다. 우리 집도 추수를 시작했다. 먼저 논의 모서리 부분의 벼들을 손으로 직접 베어줘야 한다. 콤바인이 닿기 어렵기 때문이다. 아버지께서 콤바인으로 벼들을 수확하면 따라다니면서 안 베어진 벼를 낫으로 베어줘야 한다. 수확한 벼들은 곡물 건조기에 이동시켜서 잘 건조시켜줘야 한다. 건조된 벼는 800kg짜리 가마니에 다시 담아서 따로 보관했다가 매상 시기에 수매한다. 이런 작업이 약 1달여간 이어진다. 추수기는 가을이기 때문에 날씨가 선선해서 더위를 걱정할 필요는 없다. 1달여간의 수확기에 중요한 것이 기계관리이다. 콤바인과 곡물건조기가 고장 나면 작업이 더디어지기 때문에 관리를 잘해주어야 한다. 아버지는 콤바인을 소중하게 다룬다. 콤바인은 정말 대단한 발명품이다. 콤바인이 없었던 옛날에는 손으로 벼들을 수확해야 했다. 할머니께서 할아버지와 손으로 벼들을 수확해서 나르고 관리했던 얘기를 해주시면 마음이 무거워진다. 정말 힘들었을 것 같다. 아버지, 어머니도 콤바인과 이양기 등 기계가 보편화되기 전에 농사지으시던 얘기를 해주곤 했다. 기계가 보편화된 것에 대해 정말 감사할 따름이다. 다만 아쉬운 점이 있다면 아직 기곗값이 비싸게 느껴진다는 것이다. 콤바인 한 대 구입하려면 몇 년을 노력해야 한다는 것이 또 마음이 무겁고 저리다. 과학기술이 더 발전하여 더욱 저렴한 비용으로 기계를 제조하고 매매하는 날이 오기를 바란다.

추수가 끝나고 밭에 무를 심었다. 무 씨앗을 한알씩 흙 속에 묻어주면 무가 어느새 자란다. 조그마한 씨앗이 먹음직스러운 무로 변한다는 사실이 놀라울 뿐이다. 농촌의 대부분은 생명의 신비이다. 특히 식물과 상생하는 사람과 동물의 관계에 대해 사색하게 된다. 어느새 나도 생명존중사상을 익히게 되었다. 생명존중사상은 어떤 자세인가? 존재하는 모든 생명의 경외에 대한 감사함과 삶에 대한 겸손한 자세를 의미한다. 스스로의 생명에 대한 존중까지 아울러야 진정한 생명존중사상의 뜻이 담긴다. 어떤 이는 이를 채식주의라 풀이하지만 그것은 아니다. 채식을 해야만 도가 통하며 채식이 아닌 육식은 해롭다는 생각은 오산이다. 채식은 개인의 기호이지 필요충분조건이 아니다. 언제나 함께하는 세상의 가르침과 찬란함을 잊지 않아야 생명을 존중할 수 있는 존재로 거듭난다. 왜냐하면 세상과 존재는 서로가 스승이며 제자이기 때문이다. 이에 대한 각성이 이루어져야 한다. 생명존중만큼 중요한 것이 올바른 식생활이다. 올바른 식생활은 어떤 의미가 있는가에 대해 글을 적어 올려본다.

음식과 요리의 오의

존재의 삶에서 존엄 있는 식생활은 필요충분조건이다. 음식과 요리가 매우 중요한 삶의 요소이다. 우리는 감사한 마음으로 식사에 임할 수 있어야 한다. 식사를 준비해주는 존재뿐만 아니라 우리가 맛있는 식사를 할 수 있는 모든 사실 곧, 대자연과 세상의 법칙, 바른길로 가는 존재 모두에게 감사할 줄 알아야 한다. 물론 바른길로 가지 않고 존재들을 저주하고 망가뜨리려는 존재들은 제외해야 한다. 핵심이다. 그들은 파멸되어야 하며 다시 바른길로 나아갈 수 있는 안내와 처벌을 받아야 한다.

요리의 오의는 어떻게 해야 깨닫는가? 바로 정성과 사랑이다. 정성과 사랑을 깨닫고 실천하는 존재는 음식의 모든 면모에 정성을 담고 사랑을 담아 준비한다. 정성과 사랑을 알고 감사할 줄 아는 존재들은 요리와 식사 곧, 아름답고 존엄 있는 식생활

그 사실 자체에 행복해하고 감사해한다. 그다음이 이런저런 요리의 기술이다. 음식의 간을 맞추고, 이런저런 요리법으로 다양한 요리를 만들 수 있는 기술은 따뜻한 마음으로 요리를 하는 경험으로 의하여 축적되어 간다.

요리에 신경 써야 할 중요한 사실 하나는 위생이다. 위생을 신경 쓰지 않으면 음식의 생기가 줄어들며, 요리하는 이나 식사하는 이 모두가 기분이 언짢아지게 되어있다. 따뜻한 마음이 느껴지지 않는 음식이 나올 가능성이 높다. 특히 요리도 하고 식사도 하는 존재는 이에 민감하게 반응하게 되어있다. 같이 식사하는 존재들은 이를 느낄 수 있다. 너무 예민하고 민감한 거 아닌가? 할 수도 있다. 솔직히 맛만 있으면 다 먹을 수 있잖아? 할 수도 있다. 그러나 아니다. 존재의 삶에서 존엄이 매우 중요하다. 음식의 위생은 삶의 기본 존엄이다. 이를 깨달아야 한다.

요리하고 준비하여 모두에게 행복을 선사하는 존재는 스스로의 가치를 알아야 한다. 가정에서는 혼자만 요리하는 것보다 모든 구성원들이 함께 요리하고 준비하는 것이 현명하다. 식당에서 음식을 준비하는 존재들도 돈벌이 수단으로만 여기면 안 된다. 나의 요리로 인해, 나의 준비로 인해 사람들이 행복해지고 또한 스스로도 행복할 수 있으며, 그것이 삶의 가치라는 것을 깨달아야 한다. 그것이 음식과 요리의 오의를 깨달아가는 핵심이다.

외에도 구도자 곧, 존재로서의 기본 덕목을 깨닫고 실천해야 한다. 모든 행위의 오의는 바로 존재의 바른 자세와 바른길이다. 모든 것은 하나로 귀결되고 하나는 모든 것으로 귀결한다.

집에서 앉아 명상에 들었다. 눈을 감자 '솨아' 쏟아지는 소리가 잘 들려온다. 이것은 관음이라 불리는 작용이다. 묘한 작용이다. 이 관음의 묘한 작용으로 묘한 촉감이 함께한다. 말 그대로 묘하다고밖에 표현할 길 없는 신비이다. 대개 정화와 정돈의 작용이다. 또한 창조와 소멸의 작용이다. 경전에도 여러 가지 소리에 대해 나온다. 성경에는 빗소리와 같다는 표현이 나온다. 불경에는 범음, 해조음, 승피세간음이라는 표현이 나온다. 이와 같은 소리의 작용이 있는 날은 조금은 복잡다단한 일이 있는 날일 가능성이 높다. 금세 고요해지는 소리의 작용과 함께 눈앞의 아른거림의 밀도가 세밀해지며 조금 더 가까이 다가온다. 본격적으로 어둠의 파멸이 진행된다는 의미이다. 그리고 어둠의 정체가 드러난다. 어리석은 언어를 사용한 작용이다. 대답하지 않아도 되는 말에 긍정이나 부정으로 어리석은 말을 했다. 이를 반성하고 성찰한다. 어둠의 파멸작용이 적극적으로 일어난다는 것은 성찰할 일이 많다는 뜻이다. 이를 명상하며 잘 짚어내야 한다. 명상을 마치고 카페에 명상의 종류와 방법에 대해 글을 올린다.

명상의 바른 자세와 방법 - 무위

명상은 어떻게 해야 하는가? 어떤 방법이든 무위로 가면 된다. 화두나 수식관정신통일, 묵상기도, 알아차림, 호흡과 감각관찰 등 어떤 방법이든 무위로 가면 된다. 무위란 본래 그러함을 의미한다. 마음을, 스스로를 내려놓으면 어떤 방법이든 저절로 그러하게 명상이 진행될 것이다. 하지만 염두에 둬야 할 것이 있다. 내 명상법이 과연 맞을까? 계속 의문을 품어야 한다. 명상법보다는 마음자세가 정답이기 때문이다. 구도자의 기본자세로 그리고 삶의 가치를 실현해 나가면서 계속해서 명상의 자세가 옳은 길을 향하고 있나 의문을 품어야 한다. 핵심이다. 바른길. 바른길만 가야 한다. 조급하게 속성법을 찾는다든가 내가 하는 명상법만 주창하면 오만에 빠져들게 되어있다. 오만에 걸려들면 엄청난 시련과 변고가 올 수 있으니 주의해야 한다. 바른길로 가면 축복과 법력이 찾아오게 되어있다.

명상할 때는 집착하여 구하지 아니하며, 의존하지 아니하며, 상相을 그리지 아니해야 한다. 득도를 하기 위해 명상을 하지만 그것에 집착하지 않는 정신통일을 해야 한다. 원하는 것에 집착하지 않아야 한다는 말이다. 내맡김 또한 아니다. 중용지도이다. 스스로 일어나서 바른길로 나아가야 하며 의존하지 않아야 한다. 또한 상을 그리지 않아야 한다. 불경 중 금강경에 따르면 아상, 인상, 중생상, 수자상, 법상, 비법상을 그리지 않아야 한다고 피력한다. 스스로에 대한 상, 사람에 대한 상, 사람들에 대한 상, 생명에 대한 상, 진리의 상, 진리가 아니라는 상을 그리지 않아야 한다. 특히 명상의 과정이나 결과에 대한 상을 그리지 않아야 한다. 곧 겸손과 용기이다. 그러한 상을 그리면 명상이 옆길로 새곤 한다. 주의해야 한다.

맹목적인 시야에 걸려들지 않아야 한다. 맹목적인 시야에 걸려들면 아무것도 할 수 없을 정도로 생각이 멍해진다. 무기공, 악혜공, 단멸공이라고 표현하기도 한다. 특히 공이 최고라고 아무것도 없고 텅 비어있음을 추종만 하는 악혜공은 치명적인 오류이다. 맹목적인 시야에 걸려들면 화두에 들 때 한 가지 생각에만 몰두하게 된다. 화두도 정신통일이다. 명상은 곧 정신통일이라고 봐도 과언이 아니다. 정신통일을 할 때 대자연이 올바른 길로 존재를 인도할 것이다. 이것이 곧 무위이다.

화두

"나는 누구인가? 나는 어디로 가는가? 나는 바른길을 가고 있다."

라는 화두를 잡고 명상에 임한다. 시작할 때 이렇게 읊조리고 시작한다. 전통적인 명상법으로 본질의 나를 깨닫기 위해 즉각적으로 성찰하면서 정신통일한다. 즉각적으로 성찰한다는 것은 잡념이 떠오를 때 아 잡념이구나, 하며 성찰한다는 뜻이다. 또한 이러한 화두를 들면 의문과 질문이 떠오른다. 그러한 질문들을 간단히 정리해나간다. 예를 들어 나는 의식의 시냅스인가? 나는 영혼인가? 나는 전생의 이름인가? 등의 의문이 떠오를 때 나는 변화한다. 본질의 나를 깨달을 수 있다. 라는 통찰을 해내며 정리할 필요가 있다. 이런 식으로 정신통일을 해나가는 것이 화두라는 명상법이다. 많은 이들이 이런 방법으로 살아간다. 특히 철학자가 그러하다. 너무 많은 생각을 하라는 말이 아니다. 화두에 들고 정신통일을 하되 잡념과 의문을 정리하는 법을 기술한 것이다. 화두의 결과는 변화무쌍하다. 매우 다양한 신비함이 나타날 수 있다. 단, 주의할 것은 맹목적 시야에 걸려들어 그 화두만의 작용이 일어난다는 편견을 가지지 않아야 한다는 것이다. 도는 전체를 아우르며, 전체는 도를 아우른다.

수식관 정신통일

숫자를 헤아리며 복식호흡하는 명상법이다. 역시 정신통일이 핵심이다.

눈을 감고 입을 다물고 아랫배로 숨을 들이쉬며 하나~~내뱉으며 아~~

다시 들이쉬며 두우~~내뱉으며 우울~~

다시 들이쉬며 세에~~내뱉으며 에엣~~

다시 들이쉬며 네에~~내뱉으며 에엣~~

다시 들이쉬며 다서~~내뱉으며 어엇~~

다시 들이쉬며 여서~~내뱉으며 어엇~~

다시 들이쉬며 일고~~내뱉으며 오옵~~

다시 들이쉬며 여더~~내뱉으며 어얿~~

다시 들이쉬며 아호~~내뱉으며 오옵~~

다시 들이쉬며 여어~~내뱉으며 어얼~~

하나에서 열까지 숫자를 헤아린다. 그리고 다시 하나로 돌아가서 열까지 헤아린다.

계속해서 숫자에 집중하며 호흡을 자연스럽게 한다. 길거나 짧고 굵다든지 하는 호흡법이 아니다. 자연스럽게 호흡하는 것이 핵심이다. 호흡을 하며 숫자에 집중하는 것이 핵심이다. 계속해서 이런 방법으로 정신통일해 나아간다. 숫자를 헤아릴 수 없을 정도로 광명해진 순간이 찾아온다. 이때 숫자를 놓고 존재의 감각 곧, 묘한 촉감과 묘한 작용에 집중해야 한다. 넘치거나 모자라지 않는 중용지도의 집중이다. 역시 수많은 신비가 일어난다. 이러한 신비를 숫자에 집중하며 통찰해 나간다. 그러나 신비에 집중하는 것을 집착하면 안 된다. 신비는 통찰하며 머물지 않아야 한다. 바람이 그물에 걸리지 않듯이 지나간다. 맹목적 시야에 걸려들지 않는 것은 당연한 지혜이다. 도는 전체를 아우르고 전체는 도를 아우른다.

묵상기도

"주여,
저는 마음을 내려놓았습니다. 스스로를 비워가고 있습니다.
언제나 함께하는 세상의 가르침을 배워가고 있습니다.
저라는 존재를 완성시키고 싶습니다.
주여, 저를 도와주십시오.

본질의 나로 거듭나고, 저만을 위한 삶이 아닌 모두를, 전체를 위한 삶을 살아가고 싶습니다.

언제나 용기를 잃지 않게 노력하고 있습니다.

주여, 스스로 일어나서 걸어가겠습니다.

그러니 축복과 법력을 안내해 주십시오."

이렇게 기도문을 외우거나 읽는다. 위의 기도문이 매우 정갈하고 올바른 기도문이자 바른길이다. 역시 눈을 감고 정신통일 한다. 기도하면 마음이 차분해지며, 정돈된다. 잡념이 떠오르면 역시 차분히 정리한다. 예를 들면 '주는 사람일까 신일까? 혹은 존재일까 법칙일까?'라는 의문이 떠오를 때 '어떠한 존재인지 객관적 가능성을 고려해야겠다'라고 통렬하게 정리하는 것이다. 신비가 가득한 것은 당연지사다. 도는 전체를 아우르고 전체는 도를 아우른다.

알아차림(위빠사나)

알아차림(위빠사나) 명상이란 존재의 통찰력을 훈련해나가는 방법이다.

존재 내 외의 모든 것 곧, 전체에 집중한다.

처음에는 전체가 통찰되지 않을 수 있다. 그러나 점점 통찰력이 개발되어간다.

의식을 확장시키는 훈련법이 아니다. 의식을 통제하고 통찰력과 지혜를 개발해 나아간다.

방법은 간단하다.

마음을 내려놓고, 정신통일하는 것이다. 집중대상은 세상이다.

어려운 말이긴 하다. 그래서 처음에는 훈련대상이 필요하다.

예를 들면 바람의 감각에 집중해 본다. 새의 지저귐에 집중해 본다. 존재의 느낌에 집중해본다.

그러면서 통찰해 나아가는 스스로를 집중해 나아간다. 세상을 통찰해 나아간다.

정신통일이 핵심이며, 통찰력과 지혜의 훈련이 핵심이다.

역시 신비가 가득하다. 도는 전체를 아우르고 전체는 도를 아우른다.

감각명상

감각명상이란 인체의 감각에 집중하는 것으로 시작하는 명상법이다.

눈을 감고 호흡과 인체의 느낌에 집중해본다. 뜨겁고 차가운 감각이나 자력감, 기울임, 고요하거나 휘몰아치는 감각, 곧 묘한 촉감과 묘한 작용이다. 눈을 감고 정신통일 하면 호흡과 인체의 느낌에서 고요하고 휘몰아치는 묘한 촉감과 묘한 작용으로 나아간다.

이것은 존재의 신비이다. 이러한 감각에 집중하는 훈련을 해 나가면 존재의 깨달음이 활성화된다. 역시 본질의 나로 나아간다. 존재는 항상 변화한다. 나라는 존재에 대해 상을 그리지 않아야 한다. 집착하여 구하지 아니하며, 의존하지 아니하며, 상을 그리지 않아야 한다.

주 혹은 절대신에 의지하는 것은 괜찮지만 의존하거나 이 절대적 존재에 대해 상을 그리면 안 된다. 그리고 절대신과 비교우위를 만들어내면 안 된다. 핵심이다. 잡념의 정리 또한 해 나아간다. 역시 신비가 가득하다. 도는 전체를 아우르고 전체는 도를 아우른다.

광명이 가득했을 때

명상을 꾸준히 해 나아가는 존재는 광명이 가득할 때를 맞이

하게 되어있다.

이때에는 생각이 끊어지며 빛과 영롱함이 가득하다. 또한 무위로 거듭난다.

묘한 작용과 묘한 촉감이 휘몰아친다.

광명이 가득했을 때 존재의 신성이 무한대로 확장되고 개발되어 나아간다.

그렇다면 광명이 가득했을 때가 아닌 생각과 잡념에 시달릴 때는 가치 없는 때인가?

아니다. 존재가 광명이 가득했을 때를 경험하기 전에는 신성을 향해간다고 표현해야 한다.

광명이 가득했을 때를 경험한 이후에 이러한 절차를 계속해서 이어가야 한다.

한번에 광명으로 피어나면 얼마나 좋겠냐마는 그러한 경지는 매우 매우 노력을 많이 해야 한다. 명상을 시작하고 누구나 금방 고수의 반열에 이르면 얼마나 좋겠냐마는, 운동이나 공부와 마찬가지로 많은 노력을 한 존재가 오의를 깨달을 수 있는 것이다.

곧, 광명이 가득했을 때는 화두나 수식관정신통일, 위빠사나, 묵상기도, 감각명상 등의 경계가 허물어진다는 것이다.

눈을 감을 때나 떴을 때나 명상절차 곧, 신성의 개발이 이어지는 단계로 이를 때까지 그리고 이후에도 계속해서 노력해야 한다. 노력은 인내와 끈기가 동반되어야 한다.

내맡김의 함정을 타파하자

명상은 넘치지도 않고 모자르지도 않는 중용지도의 지혜로 나아가야 한다. 내맡김은 주 혹은 절대신이나 세상의 법칙에 스스로를 내맡겨버리는 오류 그 자체이다. 곧 방관이며 무기(無記)이다. 왜 내맡기는가? 어리석은 길로 가고 있다는 뜻이다. 에라, 모르겠다 식의 내맡김만 틀린 것이 아니다. 내맡김 자체가 오류이다. 주에게 스스로를 내맡기면 자동으로 이동하고 자동으로 말한다는 식의 편견이 존재한다. 이런 편견이 바로 사이비들이 만들어낸 저주이다. 존재는 스스로 일어나서 나아가야 한다.

그렇다면 미친 듯이 집중하는 초집중은 어떠한가? 그것은 일종의 기술이다. 명상을 할 때뿐만 아니라 살아가며 초집중을 해야 할 때가 있다. 미간을 팍 찌푸리며 몰입하는 장면을 자주 볼 수 있다. 그러나 초집중이 진리라고 주장하는 것은 오류이다. 역시 집착하여 구하지 아니해야 한다. 의존하지 아니해야 하고, 상을 그리지 아니해야 한다. 물론 주 혹은 절대신에 의지할 수는 있다. 의지와 의존의 차이를 깨달아야 한다.

명상을 할 때 주의해야 할 것이 악혜공, 단멸공, 무기공이다. 악혜공은 공이 최고라고 여기고 텅 비어있음만을 최고로 여기는 오류이며, 단멸공은 아무것도 없이 모든 것이 끊어진 상태가 최고라고 여기는 오류이다. 무기공은 넋 놓으며 잠자는 듯한 상태가 최고라고 여기는 오류이다. 이들이 명상의 대표적인 내맡김의 함정의 시초이다. 주에게 모든 것을 내맡긴다는 식의 자동으로 움직여야 한다는 존재들보다는 낫다. 왜냐하면 스스로 걸어가고자 하는 의지가 있기 때문이다. 그만큼 내맡김의 함정이 위험하다. 타파해야 한다.

명상의 자세와 통념의 타파

명상을 앉아서 곧게 허리를 펴고 바른 자세로 하는 것이 통념이다. 그러나 명상을 벽에 등을 기대고 해도 되고, 누워서 편한 자세로 임해도 된다. 물론 자세마다 느껴지는 명상의 진행과정은 조금씩 차이가 있을 수 있지만 어느 한 자세로만 해야 한다는 통념은 편견이다. 예를 들어 화두에 들 때 '나는 누구인가,

나는 바른길로 걷고 있다.' 읊조리며 시작하는데 누워서 하면 왠지 안 될 것 같은 기분이 든다. 그러나 누워서 해도 된다. 존재의 바른 자세가 중요한 것이다. 눕고, 앉는 모양의 자세는 자유롭게 해도 되는 것이다. 물론 맨날 누워서만 하면 게으름에 걸려들 수 있으니 적절히 자세를 바꿔가면서 하면 좋다.

손가락을 엄지와 중지를 보통 붙이고 한다. 그러나 엄지와 검지를 붙여도 되고 엄지와 약지 혹은 엄지와 소지를 붙여도 된다. 혹은 손을 펴거나, 주먹을 쥐거나 엄지와 검지, 중지 세 손가락을 붙일 수도 있다. 왼손은 엄지와 검지, 오른손은 엄지와 중지 등으로 조절할 수도 있다. 이는 명상을 꾸준히 하며 통찰해내는 과정인데, 엄지와 중지를 붙일 때와 엄지와 검지를 붙일 때 일어나는 묘한 작용이 조금씩 다르기 때문이다. 자신의 상황과 느낌, 컨디션에 따라서 조절해가다 보면 어떤 의미가 있는지 통찰해낼 수 있을 것이다. 수행 과정에서 어떤 '인'을 해야 하지? 고민할 필요는 없다. 편하고 자연스러운 '인'으로 하면서 어떤 의미가 있는지 깨달아 갈 수 있다. 이후 구도의 정도가 일정 경지를 넘어가면 명상을 할 때 손가락이나 손 모양으로 만드는 '인'을 초월한 현상이 일어난다. 어떤 모양을 해도 명상의 과정이 같을 만큼의 경지에 이른다. 물론 항상 같은 작용이 아니기 때문에

'인'을 초월한 현상이 일어나더라도 지혜롭게 '인'을 조절할 수 있으면 좋다.

명상의 기술 - 시뮬레이션

삼매에 들면 어떤 경지에 이른다. 득도 전의 경지이긴 하지만 시뮬레이션 하는 단계가 온다. 그 전에 심혜안이 열리면 시뮬레이션 되는 장면을 볼 수 있다. 무엇을 시뮬레이션하는가? 삶의 전략을 시뮬레이션해본다. 여기에서 시험이 등장한다. 수단과 방법을 가리지 않고 목적을 구하는 존재는 추락하고, 함께하는 삶의 전략을 추구하는 존재는 상승한다. 물론 우리는 함께하는 삶의 전략을 추구해야 한다. 필자는 수단과 방법을 가리지 않고 시뮬레이션에만 집착하는 존재를 보았다. 그는 처참히 무너질 뻔했다.

시뮬레이션을 돌리면 여러 가지 경우의 수가 차출된다. 그중에 스스로 마음에 드는 경우의 수를 선택하여 삶을 디자인할 수 있다. 물론 바른길이어야 한다. 혹 시뮬레이션에 집착하거나 나쁜 마음을 먹으면 바로 추락하여 시뮬레이션은커녕 시련과 변고를 겪을 수 있으니 주의해야 한다. 누구나 시뮬레이션을 경험하고 돌리는 것은 아니다. 시뮬레이션 기술을 개발한 경험이 있거나 그것을 개발해야 하는 존재에게 기회가 주어진다. 일종의 축복과 법력의 산물인 것이다.

언제나 함께하는 세상의 가르침과 찬란함을 잊지 않아야 한다. 그래야 여러 가지 명상의 기술을 경험하고 개발할 수 있다. 모든 기술은 바른길과 바른 자세가 우선한다. 그렇지 않은 존재는 마땅히 자멸하고 추락하고 다시 일어나야 하는 시험대를 겪을 뿐이다. 명상을 할 때 여러 가지 기술을 돌릴 기회가 올 수 있는데 어떤 것에도 집착하면 안 된다. 중요한 것은 우리가 '본질의 나'로 거듭나야 한다는 것이다. 그 길을 추구하는 존재는 언제나 무한한 가능성이 열려있지만 '본질의 나'로 거듭나면 그 가능성을 실현시킬 확률이 무한대로 올라가는 것이다.

어느 날이었다. 계룡산 등반을 계획해서 등반길에 올랐다. 계룡산을 등반하며 절에도 들르고 사람들도 여럿 보았다. 사진도 찍었다. 산행이 마냥 즐겁지만은 않다. 다리도 아프고 힘도 들지만 보람 있는 운동이 등산이다. 등반길을 마치고 내려오던 중 앞에 걸어가는 어떤 어머니와 아이가 하는 대화를 들었다. 이에 영감을 받아 시를 한 수 적어보았다.

나무와 아름다움

엄마 나무는 누가 잡아먹어?

나무를 누가 잡아먹니,

그냥 이대로 자라지

아아,

내가 만든 아름다움의 아픔

밤낮없이 밀려오는 졸음에 힘들 때가 있다. 그럴 때는 그냥 자리에 누워 실컷 자는 게 최고다. 시간을 어떻게 만드는가? 시간을 만든다기보다는 여유 있게 삶을 계획한다는 사실이 조금 어울리는 표현이다. 실컷 자고 일어나면 개운해진다. 잠을 잘 때 꿈을 꾼다. 꿈은 무엇을 의미할까?

흔히 꿈은 현실과 반대라고 말하거나 꿈은 개꿈이라고 말하곤 한다. 하지만 꿈을 꾸는 데에도 어떤 연유가 있을 것이다. 나는 꿈을 심령계의 사건이라고 통찰했다. 심령계란 물질계, 절대적인 공간과 함께 세상을 이루는 차원이다. 이 심령계는 4차원에서 10차원까지이다. 흔히 다중우주라 불리운다. 다중우주는 세상이 여러 개의 우주로 이루어져 있다는 의미가 아니다. 심령계라는 여러 차원의 세계가 우주에 함께한다는 의미이다. 이 심령계에서 일어나는 일들이 꿈으로 표현되는 것이다. 그렇다면 어떤 꿈은 기억하고 어떤 꿈은 기억 못하는 이유가 무엇일까? 아마도 더욱 강력하고 의미 있는 심령계의 사건이 기억되는 것 같다. 어떤 의미인가? 이를테면 물질계의 실현 가능성과 삶의 모습들의 성공 가능성이다. 그리고 시련과 변고이다. 시중에 나와 있는 해몽법이 이들을 잘 풀이해 놓았다. 꿈이 아무 의미 없는 개꿈이 아닌 것이다. 어떻게 그것을 증명할 수 있는가? 절대신의 가르침과 은총의 함께함이다. 절대로 아무것도 아닌 사건이 없는 것이다. 모든 사건들과 현실들에 의미가 있고 뜻이 있다. 이것이 세상의 법칙이다.

세상의 시

하나에서 시작한 무극은 전체를 상극한다

상극된 무극은 하나를 환적한다

환적된 하나는 세상을 대치한다

대치된 세상은 언제나 함께하는 법칙을 고안한다

법칙은 언제나 존재를 창조한다

존재는 세상을 환치한다

대치된 세상은 언제나 함께하는 배움을 고안한다

배움은 언제나 존재를 성장시킨다

성장하는 존재는 완성을 향해간다

완성된 존재는 이치된다

이치된 존재는 창조를 고안한다

이때 존재의 태양이 숨을 쉬며 창조된다

태양은 언제나 어디에서나 상극된 무극을 환치한다

존재는 이제 신으로 거듭난다

신으로 거듭난 존재는 법칙을 환적한다

대치된 신으로 거듭난 존재는 무극을 완성한다

무극은 모든 어둠을 소멸해 나아간다

존재의 시

존재는 일어나서 나아간다

존재는 바른길로 마땅히 나아가야 한다

존재는 얼마나 갔는지 알 수 있다

아름다운 삶과 삶의 가치를 살펴야 한다

존재는 어디에서 어디로 가는지 알 수 있다

존재는 언제부터인지 시작이 없다

존재는 구도자로 거듭나야 한다

존재는 아름다움을 깨달아야 한다

존재는 대칭으로 적용된 법칙을 통찰해야 한다

존재는 신성으로 거듭나야 한다

존재는 스스로 깨달을 수 있다

존재는 언제나 어둠을 파멸할 수 있다

존재는 더 이상 어둠에 휘둘리지 않아야 한다

존재는 바른길로만 마땅히 나아가야 한다

어둠의 파멸 그리고 빛의 천공

어둠은 파멸되고 빛은 천공한다. 어둠의 파멸됨과 동시에 빛의 천공이 작용한다. 동시작용이다. 천공이란 대자연의 조화로 자연히 이루어진 묘한 재주라는 뜻이다. 빛이 무한대로 조화롭게 작용한다는 뜻이다. 이는 바른길로 가는 존재가 뿜어내는 법력이자 축복이다. 존재의 신성은 문자로 정립할 수 없을 만큼 위대하다. 이렇게 위대한 존재의 바른길을 마땅히 가지 않는 존재는 어떤 존재인가? 말 그대로 스스로 멸하는 존재인 것이다.

법력과 축복을 갖춘 존재는 어떻게 변화하는가? 행하고자 하는 일의 오의를 깨달아간다. 모든 어둠을 파멸하며, 빛을 천공하여 존재가 치유되고 깨닫게 영향을 끼친다. 말 그대로 정신과 신체의 병을 치유함에 머무르지 않고 세상의 안녕과 평화를 이끌어가는 존재로 변화하는 것이다. 그것을 확인할 수 있는가? 객관적인 통찰인가? 그렇다. 확인이 된다. 바른길로 지속해서 나아갈 때, 변화하는 세상과 존재가 통찰되어가는 것이다. 지혜안이 개방되는 것이다. 제3의 눈이라고도 한다. 정확하게는 법안이다. 실제로 법력과 축복의 작용이 보이기도 하고 느껴지기도 하며 여러 종류의 감각으로 통찰되어간다. 객관적 가능성을 고려해보면 그것들이 확연히 느껴질 것이다.

도는 전체를 아우르고, 전체는 도를 아우른다. 지금 읽고 있는 독자가 그러한 통찰력을 가졌다는 것을 알 수 있다. 바로 필자의 글에서 느껴지는 법력과 축복을 통찰할 수 있다는 뜻이다. 곧 필자가 진짜 도사인지 사이비인지 통찰할 수 있다는 것이다. 거짓으로 위장할 수 없다. 통일장에서 빠진 에너지가 바로 존재의 에너지이다. 곧 사람의 에너지이다. 그것을 기운이라고도 표현하는데 앞으로는 존재의 생멸이라고 기술해보자. 매우 객관적인 표현이다. 어둠의 길을 걷는 존재는 스스로 멸하게 되어있다. 다시 빛의 길로 향하게 대자연의 채찍질을 경험하게 되어있다. 감출 수 없는 것이다.

바른길은 존재가 마땅히 가야 하는 길이다. 그것은 선택사항이라는 말도 통용되지 않는다. 바른길을 걷는 존재라 해서 눈감고 명상을 해야만 한다거나, 이러한 구도정보를 많이 습득해야만 하는 것이 전부라는 편견을 가져선 안 된다. 바로 존재의 바른 자세이다. 무엇을 하며 삶을 살아가는 것이 중요한 것이 아니다. 어떻게 살아가느냐 하는 것이 중요하다. 물론 바른 자세로 임하는 존재는 존재의 완성을 향하는 과정을 안내받게 되어있다. 이로 인해 바른 명상법을 알게 되고 바른 구도자에 관한 정보를 습득하여 지혜롭게 변모하게 되어 있다. 그 때문에 가장 중요한 표현이 바른길과 존재의 바른 자세인 것이다.

동네 회관에서 마을 주민들이 모여 식사를 하기로 했다. 마을 회비로 소고기 불고기를 시켰다. 동네 어르신들 다 모였다. 나는 나이가 제일 어리다. 오랜만에 가지는 식사자리에 참가하여 불고기를 맛있게 먹었다. 귤과 음료수, 커피 등의 후식과 함께 다과 시간을 가진다. 주로 농촌의 여러 가지 생활에 대한 대화가 주를 이룬다. 코로나로 인해 닫았던 회관이 다시 열리자 동네 어르신들이 모여서 자주 담소를 나눈다. 이 코로나가 벌써 1년이 다 되어간다. 전염병은 국가 차원에서 정말 큰 재난이다. 빨리 전염병이 잡혀야 이런 식사 자리도 여러 번 가지고 할 텐데 큰일이다. 전염병을 잡는 데 가장 중요한 점이 면역력의 증진과 백신의 보편화라 생각한다. 면역력을 증진하기 위해서는 국가차원에서 구심점을 잡아서 면역력에 대해 피력해야 한다. 병원의 치료에만 의존하지 않게 건강관리의 중요성에 대해 더욱 강하게 피력해야 한다. 백신을 개발하고 보급하기 위해서 국가 차원의 아낌없는 투자가 필요하다. 이런 대형 전염병은 언제 또 재발할지 모르기 때문에 빠른 시일 내에 백신을 보급할 수 있어야 한다. 비용이 많이 들 수도 있지만 우리나라에서 직접 개발하면 투자의 효용을 극대화할 수 있기 때문이다. 메르스나, 신종플루 등의 전염병이 돌 때도 힘들다 했었는데 이번 코로나는 정말 말도 안 되게 강력해서 사람들이 정말 버거워한다. 코로나가 잘 극복되길 바라는 마음이다.

집에 와서 눈을 감았다. 마을회관에서 식사를 한 후 담소를 나누어서 그런가 몸이 가볍다. 큰 묘한 작용이 없다. 그러다가 문득 코로나 생각이 났다. 다시 묘한 작용이 커진다. 웅~ 하며 머리 위쪽으로 정화되는 작용이 일어난다. 그리고는 다시 묘한 촉감이 몸을 휩쓴다. 자잘한 알갱이 같은 촉감이 진동으로 느껴지며 또 한번의 묘한 작용이 이어진다. 이후 아우라가 몸을 감싸고 빛의 줄기가 한 두 줄기씩 비친다. 여러 가지 현상이 많다. 무슨 의미일까? 아마도 많은 존재들이 개방되어가고 있다는 의미일 것이다. 존재들은 서로가 서로를 유기적으로 품는다. 개인은 타인과 전혀 관련 없다는 이분법적 이론은 완전히 틀린 이론인 것이다. 명상을 할 때마다 내가 아닌 존재들의 여러 작용이 오고 감을 확인하고 본다. 어떻게 보면 이것이 망상일까? 할 수도 있지만 그것이 아님을 여러 해가 지난 후에 알게 되었다. 그리고 타인을 개방시킬 때는 마니주의 확장이라는 작용이 이루어짐을 알아냈다. 연밀한 감각이 더욱 발달하며 서로가 스승과 제자가 되는 것이다. 신비로운 세상과 존재의 작용이다. 치유와 건강에 관한 몇 가지 글을 올리기로 한다.

면역결핍증(에이즈)의 치유 - 허망함으로 오는 병

후천성 면역결핍증인 에이즈는 불치에 가까운 병으로 알려져 있다. 하지만 치유사례가 있다. 불치병이 아닌 것이다. 사실 면역 관련 질환은 전부 허망함의 정도에 따라오는 병이다. 무엇이 허망한가? 사람과 세상 그리고 존재의 불멸을 허망하게 여겨버림으로써 오는 병이다. 예를 들면 영혼의 연속성인 윤회와 환생을 부정하고, 세상이 물거품과 같이 한낱 꿈과 같다고 여기고, 한번 사는 인생 무조건 즐기자며 쾌락주의에 젖고, 행복은 돈이 전부라며 물질만능주의에 빠지는 심리현상이다. 이런 것들이 면역 관련 질환을 유발한다. 이 중에 에이즈는 바이러스 HIV가 침투할 때 오는 병이다. 사실 HIV바이러스가 침투해도 우리 몸의 면역체계가 방어해내는 것이 건강한 사람이다. 심리가 망가졌을 때 곧, 삶의 자세가 망가졌을 때 온갖 바이러스에 영향을 받는 것이다.

치유하기 위해서는 먼저 망가진 삶의 자세를 고쳐야 한다. 윤회와 환생의 가치를 깨달아야 하고, 세상과 삶의 가치를 깨달아야 한다. 쾌락주의가 아닌 이성을 다잡아야 하며, 행복은 마음가짐에서 오는 것이란 것을 깨달아야 한다. 그리고 약을 먹어야 한다. 현재 나온 에이즈 치유제나 면역관련 치유제면 충분하다. 줄기세포재생 치유제까지 바라지 않아도 된다. 지금만으로 치유된 사례가 있기 때문이다. 사람이 죽음 앞에 직면하면 많은 것이 변화한다. 그러한 이유로 존재의 자세가 변하는 것이다.

음식은 역시 면역력을 올려주는 김치와 피클, 마늘장아찌, 고추장아찌 등의 음식이 유효하다. 운동으로는 조깅보다는 빠른 걷기와 수영이 좋다. 침술로는 수지침 3개로 백회혈, 왼손의 노궁혈, 왼발의 족삼리혈에 자침하면 좋다. 한약보다는 현재 나온 에이즈나 면역 관련 치유제를 병원에서 처방받는 것이 좋다.

마지막으로 절대신에 대한 감사함을 깨달아야 한다. 세상의 법칙을 주관하고 사랑과 관용, 인내와 끈기를 북돋아주는 등의 축복과 법력으로 세상의 안녕을 도모하는 존재이다. 이렇게 삶의 자세를 갖추어가면 허망한 존재가 되지 않고 사람이나 신이 될 수 있는 것이다. 곧 병을 치유할 수 있다는 뜻이다.

대장암의 치유 - 편견의 타파

대장암은 보통 직장암 혹은 소장질환을 동반한다. 대장암의 주요 원인은 세상의 가르침을 부정하고 세상과 삶이 고통이라고만 여기는 괴로움이다. 세상과 삶은 아름답게 창조되었다. 물론 고통과 괴로움도 있지만 행복과 기쁨 그리고 평화와 안락도 존재한다. 그러한 세상의 모습을 부정하고 무조건 고통이라고만 여기기 때문에 마음을 비워내지 못한다. 신체의 독소를 비워내는 배변기능이 고장 나는 것이다. 또한 대장은 사람의 활력을 고안하여 증강시키는 역할을 하는데 이러한 기능도 고장 난다. 당연히 교정해야 한다.

왜 세상을 고통으로만 여길까? 바로 오만과 아집이다. 세상을 약육강식으로만 여긴다. 승부지상주의와 비교우위의 모습만을 본다. 남을 시기하고 질투하기만 한다. 함께 걸어가는 삶을 잊어버린 것이다. 이런 오만과 아집을 당장 버려야 한다. 편견을 비워야 한다. 마음을 내려놓고 비워가야 한다. 욕심과 원망도 비워야 한다. 모든 것이 내 탓임을 모르고 고통의 원인을 나의 외부에서 찾으려 하는 습관을 교정해야 한다. 이기고 착취하려는 욕심을 당연히 비워야 한다. 대장암에 걸리면 안색이 새파랗게 변한다. 질려버렸다는 뜻이다. 신체가 이러한 편견들에 질려버린 것이다.

우리는 신으로 거듭나야 한다. 존재의 신성을 개발해 나아가야 한다. 곧 존재의 총체적 성장과 완성을 부정하지 않아야 한다. 세상의 가르침과 법칙을 부정하지 않아야 한다. 암을 포함한 질환에 걸린 상황에서 많은 것을 깨닫고 배워야 한다는 뜻이다. 약을 먹고 수술을 하는 것이 전부가 아니다. 이러한 존재의 본질적 변화가 없으면 병은 완전히 치유되지 않는다. 물론 이런 변고와 시련은 존재의 업(Karma)과 밀접한 연관이 있다.

업과 변화하는 운명, 그리고 숙명과 삶의 소명을 부정하지 않아야 한다. 특히 삶의 소명을 완전히 부정하는 존재가 대장과 직장, 소장의 배변장애를 경험한다. 삶의 소명은 존재가 삶의 가치를 아름답게 가꾸어 나가는 것이다. 영원한 것은 존재의 아름다움이며 세상의 아름다움이다. 영원한 것이 없다고 여기지 말라. 물론 바른길로 나아가는 존재로 거듭나야 하며, 어리석은 길로 가려는 존재는 자멸하고 다시 바른길로 향할 수 있도록 채찍질을 겪게 되어있다.

아름다운 가치

우리가 함께할 때 아름다워진다
우리는 사람들을 뜻한다
서로가 서로를 포용한다
함께 이루어 나가는 힘을 가꾸어간다

함께한다는 것은 가치 있다
존재와 세상의 호응을 이끈다
어떻게 함께하는가?
따뜻한 마음을 가꾸어간다

배려하고 존중한다
품어주고 도와준다
사랑하고 용기 낸다
아름다운 가치를 이끌어간다

가끔 기타를 연주한다. 코드를 잡고 노래를 부른다. 그러다 작곡을 해본다. 코드는 3~4개면 충분하다. 반복되는 코드를 연주하며 음계에 맞춰 노래를 부른다. 한글로 할 때도 있고 콩글리쉬로 할 때도 있다. 흐름을 통찰해가다 보면 멋진 음악이 나오곤 한다. 그러나 기억하기가 어렵기 때문에 휴대폰으로 녹화를 해놓아야 한다. 그렇지 않으면 좋은 곡을 잊어버리기 일쑤다. 무엇에 대해 작곡을 한다 이런 개념이 아니다. 다만 어떤 흐름과 감성을 포착하고 작곡을 한다. 그것이 영감인가? 생각할 필요는 없다. 그대로 음계를 이어간다. 보통의 곡은 3~4개의 코드로 이루어져 있다. 이를 머니코드라도 부르지만 나는 보편화된 화음이라 부른다. 콩글리쉬로 작곡을 한 후에는 가사를 붙여야 한다. 한글로 한번에 된 경우에도 가사를 수정해야한다. 한번에 완벽하기는 힘들다. 음계와 작곡에 관한 글을 카페에 올린다.

음계와 작곡 그리고 도(道)

음악은 연속이다. 연속으로 이어져 있는 음계를 여러 가지 음정으로 나누어 놓았고 이를 응용하여 여러 종류의 음악을 만들어 낸다. 물론 목소리나 여러 악기들은 나누어 놓지 않은 연속으로 음계를 표현할 수 있다. 조화로운 음계로 이루어진 음악은 사람을 감동시키고 감정을 고조시킨다. 그 비밀이 무엇인가? 바로 세상의 법칙이다. 아름다움이다. 대칭이다. 존재는 본능적으로 대칭에 끌린다. 아름다움이란 존재가 마땅히 가야할 길이다. 바로 도(道)이다. 도를 담고 있는 음악이 바로 아름다운 음악이다. 음악은 어렵고 쉽고의 문제가 아니다. 사람의 호응을 얻어내고 사람을 움직이고 사람을 전등시키는 음악이어야 한다.

여러 가지 음악들이 있다. 장르도 각양각색이다. 세계의 문화마다 그리고 나라마다 여러 가지 색깔과 특성이 있다. 그러나 본질은 같다. 사람을 어떻게 끄는가? 이다. 대칭이 담긴 음악은 어떻게 작곡해내는가? 바로 흐름이다. 세상의 흐름과 존재의 흐름을 따라가야 한다. 그 흐름에 내맡기는 것이 아니다. 흐름을 통찰해내어 본질을 짚어야 한다. 그때 영감이 함께한다. 영감이라 해서 생각이나 느낌으로만 떠오르는 것이 아니다. 직관적으로 음악의 창조로 이어질 수 있다. 원샷원킬이라 부를 정도로 음악을 작곡해낼 수 있다. 녹음기나 녹화장비를 설치해놓고 연습해봐야 한다.

과연 처음부터 잘할 수 있을까? 연습을 해야 한다. 보통은 머니코드라 불리우는 화음을 짚고 시작한다. 3~4개의 화음이다. 이 정도만으로 모든 곡을 작곡할 수 있다고 말할 수 있을 정도이다. 어려울 필요도 있지만 간단한 화음만으로 흐름을 짚고 대칭을 통찰하여 아름다운 곡을 작곡할 수 있다. 모든 편견을 버려야 한다. 마음을 내려놓고 비워가야 한다. 세상과 존재의 본질을 즉각적으로 통찰해내야 한다. 그때 비로소 원샷원킬이라는 기술이 통용된다. 과연 가능할까? 천재들만이 할 수 있는 능력이 아닐까? 의문을 가질 수 있다. 결론은 누구나 할 수 있다.

필자는 통기타를 사용한다. 3~4개의 코드(화음)을 짚고 곧바로 목소리로 작곡한다. 발음은 보통 콩글리쉬로 하곤 한다. 한글로 바로 할 수도 있다. 독자도 연습해보면 곧바로 할 수 있을 수도 있다. 피아노곡은 보통 왼손으로 간단한 코드를 짚고 흰건반만으로 작곡할 수 있다. 도레미파솔라시도 8음계만으로 대부분의 곡을 작곡할 수 있다. 피아노 기술을 늘리면 검은 건반을 활용할 수도 있다. 녹음은 어떻게 해야 하는가?

알다시피 녹음이나 녹화버튼을 누르면 느낌이 달라진다. 왜인지 존재의 느낌과 상황이 달라진다. 그것을 극복해야 한다. 어떠한 작용에 흔들리지 않고 세상과 존재의 흐름을 즉각적으로 통찰해내면 된다. 표현이 무색할 정도로 간단한 일이다. 바로 마음을 다잡는다는 뜻이다. 대다수의 음악가 혹은 가수들이 무대에 오르면 마음을 다잡는다. 그들에게 숨 쉬는 존재의 아름다움을 표현하기 위해 본질로 가까워지는 것이다. 그리고 본질을 드러내는 것이다. 녹음이나 녹화도 이와 같다. 최선을 다해 본질에 임해야 한다.

아름다운 음악을 창조해내는 일이란 정말로 가치 있는 일이다. 그러한 음악으로 사람을 고조시키고 본질을 전등시킨다면 그것으로 공덕이며 복덕이다. 위대한 일을 할 수 있는 존재는 그만큼의 준비가 되어있기 때문이다.

목소리의 치유 - 바른 자세와 아름다운 목소리

목소리를 치유한다는 것이 의미 있는 일인가? 매우 의미 있는 일이다. 도사가 되면 아름다운 목소리를 조화롭게 통제할 수 있게 변화한다. 스스로의 목소리가 치유되고, 타인의 목소리도 치유한다. 물론 목소리에 국한되는 능력이 아니다. 오늘 목소리의 치유에 관해 알아보자.

아름다운 목소리로 변화하기 위한 첫 번째는 바로 존재의 바른 자세이다. 존재는 어떠한 어려움이 있더라도 바른길로만 나아갈 것이며, 어떠한 시련과 변고를 겪더라도 바른길로 나아가서 바른 존재로 완성하겠다. 완성 후에도 '계속 노력하겠다'라며 바른 선택을 해야 한다. 그렇게만 해도 목소리가 변화한다.

두 번째는 사랑을 깨닫는 것이다. 바로 세상의 법칙에 대해 감사함과 주 곧, 절대신의 법력과 축복에 대한 감사함이다. 또한 스스로를 사랑함으로써 바른길로 가는 존재들을 사랑할 수 있으며, 어둠의 길을 가는 존재들을 바른길로 이끌 수 있다. 자기 최면의 자애가 아니다. 객관적 통찰의 자애감이다. 핵심이다. 스스로를 통렬하게 꿰뚫는 통찰력이 필요하다.

세 번째는 마음을 내려놓고 비워가야 한다. 마음을 내려놓는 것이 먼저이고, 비워가는 노력이 다음이다. 이렇게 하면 목소리가 또 변화한다. 지혜롭고 자연스럽게 목소리를 내고, 때로는 단호하고 강단 있게 전략을 발휘할 줄도 알아야 한다. 그런 것들이 조작이 아닌 사랑과 감사함 그리고 지혜와 통찰로 묻어나야 한다. 특히 목소리 기술을 쓰는 직업들은 두성이나 비성 같은 창법이 기술이며 아름다운 목소리가 진리라는 것을 깨달아야 한다. 아름다운 목소리가 필요충분조건이며 두성, 비성 같은 기술은 다음이라는 뜻이다. 핵심이다.

중요 3가지 외에도 구도자 곧, 존재로서 갖추어야 할 기본 덕목을 실천해 나아간다면 목소리는 교정될 것이다. 목소리가 고장 나면 스스로의 감정이나 컨디션에 영향을 끼친다. 또한 바른 길을 나아가야 하는 존재의 삶이 어리석은 길로 나갈 가능성이 생겼다는 뜻일 수 있다. 그러니 넘치거나 모자라지 않는 지혜로움으로 목소리의 치유와 교정에 신경 써야 한다.

아름다움의 자세

여기를 찍고 바라본다
좋은 풍경을 찾아본다
걸어가본다
자동차도 운전해본다

아름다움의 여정은 신나고
즐겁기만 하지 않다
고뇌의 자세가 필요하다

그러면서 깨닫는다
어디를 언제 찍어도
아름다울 수 있다
아름다움의 자세이다

그것이 사진을 잘 찍을 수
있는 비밀이었다

득음의 오의

정갈하게 소리낸다

아름다운 소리를 낸다

노력하고 노력한다

목소리가 변화한다

아름답게 부르려 한다

오의를 깨닫고 싶다

연습하고 연습한다

실력이 성장해간다

스스로 만족한다

결국에는 오의를 깨닫는다

아름다운 음정과 박자로 부른다

많은 이들이 감동한다

초능력에 대해 앞의 <자유와 도>에 잠깐 언급했다. 초능력이란 무엇일까? 어릴적 나는 슈퍼맨이나 스파이더맨처럼 하늘을 날고 힘이 사람과 같지 않게 센 모습을 상상했다. 괜히 로봇 만화에 나오는 것처럼 주먹에 힘을 주고 내질러보기도 하고 하늘에 뜨지 않을까 높이 뛰어보기도 했다. 물론 초능력에는 힘이 세지는 신의 힘이라는 능력이 있긴 하지만 슈퍼맨이나 스파이더맨처럼 상상에나 가능한 능력은 존재하지 않는다. 공중부양도 물리적으로 불가능한 것이다. 그러나 대단히 많은 초능력이 존재한다. 짧게 정리해본다.

존재의 초능력

초능력은 존재한다. 예를 들면 타인을 편안하게 해주는 능력, 마음을 따뜻하게 해주는 능력, 활력을 돋우어 주는 능력 등이다. 그와 반대의 상황은 자괴감을 느끼게 하는 저주, 풀죽게 만드는 저주, 패배감을 느끼게 만드는 저주 등이다. 좋은 능력과 안 좋은 저주가 존재하는데, 저주는 의도적이다. 좋은 능력은 따뜻한 마음을 가지고 바른길을 가는 존재가 펼치는 법력이자 축복이지만, 어리석은 마음과 길을 선택한 자는 저주를 한다. 이를 잘 통찰해 내야 한다. 저주를 하는 존재를 통찰하면 단호하게 대처해야 한다. 별거 아니라고 넘기면 오산이다. 의도적으로 타인을 짓밟는 행위이다. 이를 인지해야 한다.

그 외에 영안이라 일컫는 제3의 눈, 텔레파시를 듣는 제13의 감각, 신의 언어를 하는 제29의 목청, 타인의 마음을 아는 제46의 심장 등이 존재한다. 이러한 능력들은 매우 드문 능력이다. 완전하게 개방된 존재가 있다. 또한 모든 존재가 개방되어가고 있다. 세상이 변화하고 있는 것이다. 이 글을 읽는 독자도 자신도 모르는 말을 한다거나, 내 생각이 아닌 생각이 오는 텔레파시가 들린다거나 하는 경험이 있을 것이다. 많은 것이 변화하고 있다.

가장 중요한 사실은 존재가 바른 마음으로 바른길을 나아가야 한다는 것이다. 그래야 바른 능력들이 개방된다. 그렇지 아니하면 어리석은 저주를 하여 스스로 멸하는 상황에 이르게 될 수 있음을 인지해야 한다. 초능력이라 하여 먼 나라 이야기가 아닌 세상이다. 사람 혹은 신의 작용이라 해보자. 매우 객관적인 표현이 된다.

추수가 끝나고 무를 심고 어느새 김장철이 되었다. 배추를 캐 와서 절인다. 반으로 자른 다음 소금을 뿌리고 물을 뿌린다. 다시 배추를 올리고 소금을 뿌리고 물을 뿌린다. 절인 배추는 다시 깨끗한 물에 씻어주고 여러 가지 재료로 만든 양념을 버무려준다. 김치는 정말 신비한 음식이다. 새 김치부터 익은 김치까지 언제든 맛있게 먹을 수 있고 건강에도 정말 좋다. 김치 하나만 있어도 김치찌개부터 김치전까지 여러 가지 음식을 해먹을 수 있다. 만사형통 음식이다. 김장철이 되면 마을에서 협력을 한다. 혼자 힘으로는 역부족이기 때문에 오늘, 내일 각각 나누어서 협력하여 김장을 한다. 협력은 정말 아름다운 일이다. 혼자서는 살아가기 어렵다. 협력을 하면 일이 수월해진다. 어떤 일이든 마찬가지이다. 그래서 조직이 있고 조직의 경영이 존재한다. 그리고 조직에는 정치가 존재한다. 정치에 관해 정리해서 카페에 올려본다.

정치학과 도(道)

사람은 누구나 잘 먹고 잘살기를 원한다. 사람들은 언제나 화목하길 원하고 평화롭길 원한다. 그러나 세상에는 항상 갈등이 존재하는 것 같다. 갈등을 타협하고, 조화로운 관계로 이끄는 일이 정치이다. 정치학이란 이를 다루는 학문이다. 정치학이라고 해서 문자로 서술하는 것만이라고 생각하면 곤란하다. 우리 삶에 정치가 함께하는 것을 알아야 한다. 정치란 인간관계의 한 면모이다. 정치를 나쁜 것으로만 생각하는 편견이 존재한다. 이를 타파하고 바른 정치를 발휘할 수 있는 지혜가 필요하다. 따뜻한 마음이다.

도(道)를 닦는 이는 따뜻한 마음을 가꾸어간다. 모두가 도를 닦는다. 도를 닦는다는 것은 선택이 아니다. 마땅히 가야 할 길이며 대자연의 법칙이다. 잘 생각해보라. 누구나 마음이 평화롭고 따뜻해지기를 원하고 그렇게 되기 위해 노력한다. 나이가 들어갈수록 경험과 지혜가 쌓이는 것과 같다. 아무리 도를 무시한다고 하는 사람도 평화와 따뜻한 마음을 향해가는 것을 부정할 수가 없다. 정치도 그와 같다. 삶을 살아가며 바른 정치를 배워가는 것이 도를 닦는다는 의미이다. 도를 닦는다고 수도승처럼 고행하며 참선하는 모습만을 생각하면 안 된다. 모두가 도를 닦는 모습을 실현시키고 있는 것이다.

정치의 기본은 따뜻한 마음이며, 역지사지이다. 바로 타인의 마음, 곧 존재의 존엄을 배려하는 것이다. 존재의 존엄은 누구에게나 통용된다. 이 세상에 존엄없는 존재가 존재하는가? 아니다. 우리는 존재의 존엄을 배려하고 존중해주는 방향으로 나아가야 한다. 정치란 인간관계에서부터 국가와 인류의 정책과 발전까지 모든 면모를 통용시킨다. 곧 하나는 전체를 아우르고 전체는 하나를 아우른다. 존재의 존엄을 배려한다는 것은 개인만의 삶에서 함께하는 삶으로 나아간다는 것을 의미한다. 이것이 첫 번째이다.

정치의 전략은 어떻게 상용시켜야 하는가? 바로 모두가 공감하는 방향이다. 전체주의가 아니다. 모두가 공감하는 방향이 존재한다. 바로 따뜻한 집에서 따뜻한 밥을 먹고 따뜻하게 삶을 영위하는 방향이다. 이를 실현시키기 위해서 우리는 많은 것들을 통섭적으로 발전시켜 나가야 한다. 과학, 경제, 도덕, 소통, 법치 등 발전시켜 나아가야 할 현실이 눈앞에 존재한다. 조급하게 마음먹어서는 안 된다. 모두가 힘을 모아 모두가 공감하는 방향으로 나아가기 위해서 모두가 참여하는 전체투표제를 실행해야 한다. 그래야 부작용이 일어나지 않는다. 너무 버거운 일인가? 아니다. 모두가 공감한다는 것은 누구나 그것을 원한다는 것이기 때문에 예를 들면, 좌의나 우의에 치우치지 않는다. 곧 중용지도의 지혜로 나아간다.

정치학의 정립은 어떻게 해야 하는가? 정치학은 노자의 무위자연사상을 따라가야 한다. 넘치거나 모자라지 않는 중용이요, 집착하거나 방관하지 않는 무위의 지혜이다. 이를 정치에 접목시켜야 한다. 정치란 개인의 삶에서 모두의 삶과 세상 전체까지 이르며 아우른다. 이를 협소한 개념의 좌의나 우의로만 접목시키면 곤란하다. 진정한 정치는 무위이다. 무위란 저절로 그러함을 의미한다. 내맡김이 아니다. 모두가 공감하고 모두가 참여할 때 저절로 그러하게 마땅히 자연스럽게 흘러간다. 곧 세상과 법칙의 흐름을 따라가며 이를 실현시켜나간다는 것을 의미한다. 어떻게 그러한가? 그것이 세상의 흐름이다. 세상은 존재가 도를 닦아가듯이 자연스레 발전하는 방향으로 나아간다. 존재는 이를 이끌어간다. 정치 또한 이러한 세상의 흐름과 부합해야 한다. 곧 용기이며, 겸손이다.

정치의 정수 - 채용

정치의 정수는 채용이다. 어떤 인사를 채용하느냐에 따라 정권 혹은 정당의 승패가 갈린다. 채용은 어떻게 해야 하는가? 바로 존재의 통섭적 통찰이다. 인사를 통섭적으로 통찰하려면 인사권자가 그만한 통찰력을 지닌 존재야만 한다. 인사의 무엇을 보아야 하는가? 첫 번째는 인사의 구도의 정도를 볼 수 있어야 한다. 느낌만으로 보는 것이 아니다. 인사의 과거 행적에 관한 정보를 모아 어떤 방향으로 살아왔는지 통찰하고, 인사의 구도의 정도를 가늠하기 위해 면담을 해야 한다. 면담 때에는 인사가 어떻게 삶을 이끌어가는지 알아보기 위해 화두를 던져야 한다. 행복한 경험담을 끌어내야 한다. 그리고 실패와 이의 극복과정을 물어봐야 한다. 이것이 핵심이다. 어떻게 삶을 이끄는지 집요하게 물어보기보다 서로 통해야 인사의 진면목을 볼 수 있단 걸 알아야 한다. 공감하며 인사권자의 경험담도 이야기하며 대화해야 한다.

두 번째는 인사의 계획을 살펴야 한다. 권한을 실행할 때에 거시적인 방향과 세부적인 사항들에 대해 대화해야 한다. 과연 바른길인가? 비전이 확실한가? 모호하지 않고 확실한가?에 대해 통찰해내야 한다. 압박면접을 하는 것은 적절하지 못하다. 서로가 통하는 대화를 해야 한다. 편안한 분위기를 이끌기 위해 다과를 준비하면 좋다. 인사가 계획이 모호하면 이런 계획은 어떠한가? 물어보아야 한다. 그렇게 하면 방향과 가치관에 관한 대화를 이끌어갈 수 있다.

세 번째는 도덕성과 인성이다. 인사의 도덕성과 인성을 살핀다는 것은 매우 조심스럽고 어려운 일이다. 시험을 치르기도 하지만 시험보다는 역시 대화이다. 살아온 과정에서 도덕과 인의예지를 어떻게 여겼는가 통찰해내야 한다. 먼저 나는 이런 가치관을 가졌다며 바른길에 대해 이야기해야 한다. 그렇게 하면 같은 방식으로 대답을 끌어낼 수 있다. 도덕과 인의예지를 살필 때에 역사적으로 유명한 현자에 관한 이야기를 하면 좋다. '부처나 예수가 이러저러한 가치관으로 사람들을 이끌었는데 어떻게 생각하느냐?'가 매우 적절한 질문이다. 종교관과 세계관까지 대화가 이어질 수 있다. 서로가 통한다는 것은 같은 공감대를 가진다는 것에 국한된 것이 아니다. 존재가 서로를 품을 수 있는 따뜻한 마음이 우선이다. 그것이 사람의 대화이다.

채용을 할 때에 어떤 인사가 적절할지 주위에 물어보는 것 또한 중요하다. 주위에서 추천하는 인사는 그 이유가 있다. 면담이 핵심이다. 시간이 소요되더라도 면담을 개별적으로 진행하여 인사를 채용해야 한다. 그렇지 않으면 각종 가십과 법규에 걸려드는 인사를 채용하여 불상사를 유발할 수 있는 여지가 있다. 인사를 채용하기 위해 대화를 할 때 그 존재의 좋은 능력이 무엇인지 알아보기 위해 잠시 명상을 같이해보는 것도 좋은 방법이다. 명상을 오래 하면 함께 명상에 임한 존재의 능력과 상황을 살필 수 있는 통찰력과 지혜가 생긴다.

조직의 부흥 - 인사

조직의 부흥은 인사에 달렸다고 해도 과언이 아니다. 인사는 통찰력이 뛰어난 존재들이 담당해야 한다. 사람을 채용하고 관리하고 이끄는 일이 경영이다. 인사는 경영의 꽃이다. 마케팅이 경영의 꽃이 아니다. 인사가 중요한 이유가 무엇인가? 언제나 함께하는 세상의 가르침을 받아들일 수 있는 인재들이 존재하기 때문이다. 경영을 할 때에도 가장 중요한 법칙이 무위이다. 대칭으로 적용된 세상의 법칙으로 인해 인재들의 상승과 추락이 왔다 갔다 한다. 그것에 내맡기는 것이 아니라 그러한 흐름을 포착하고 저절로 상승하도록 인재들을 이끄는 것이 인사의 핵심이다.

인사를 맡은 존재들은 사람의 면모를 면면이 살필 수 있는 능력이 있어야 한다. 관상과 손금 등의 외형과 사주팔자와 별자리 등의 내형보다 중요한 것이 그 존재의 잠재력과 실현가능성, 그리고 구도의 정도이다. 이를 통찰해내는 것은 숙련된 도사여야 가능하다. 때문에 인사에는 항상 도사가 배치되어야 한다. 숙련된 도사란 어떤 존재를 말하는가? 바른길로만 우직하게 나아가는 존재이자 세상의 가르침을 매우 잘 습득해낸 존재이다. 곧 득도완성을 한 존재이다. 그러한 존재를 도대체 어떻게 구한단 말인가? 인복이다. 그러한 존재를 구할 수 있는 복이 있는 존재들이 있다. 역시 언제나 바른길로만 우직하게 나아가는 존재이자 세상의 가르침을 매우 잘 습득해낸 존재들이다. 유유상종이라 도사들은 도사들끼리 어울리는 것이다. 허망한 존재들은 허망한 존재들끼리 어울린다. 세상의 법칙이다.

사람을 가리라는 말인가? 그렇다. 겉보기에는 모두가 별 차이가 없어 보이지만 존재의 완성정도를 보면 천지각색이다. 사람과 신, 허망한 존재의 다른 모습이다. 언제나 함께하는 세상의 가르침, 찬란함, 기회를 인지하고 겸손하게 삶에 임하는 존재들은 그러한 존재들을 품으며 서로 어울려야 한다. 반대의 어리석은 존재들은 그들끼리 어울려야 자멸하고 반성하게 된다. 그것은 세상의 법칙이다. 차별이 아니라 차이를 인정하고 삶을 바른 자세로 받아들이는 것이다. 인사가 중요한 이유는 바른 존재로 지속가능한 경영을 도모해야 하기 때문이다.

어떻게 사람을 보는가? 통섭적으로 통찰해내야 한다. 대화와 행동을 면면이 살피는 방법이 우선이고, 직관적 느낌과 여러 정보를 살피는 것이 차선이다. 잘못된 인사가 한명 끼어들면 물이 흐려지게 되어있다. 미꾸라지 한마리가 전체를 흐린다는 말이 통용된다. 때문에 면접과 채용이 중요하고 인사관리가 중요하다. 우리는 바른 자세로 바른길을 우직하게 나아가서 본인이 속한 조직에 해가 되지 않고 서로를 품을 수 있는 존재가 되어야 한다. 그것은 삶의 아름다움을 찾아가는 지혜이다.

밤이 되면 어두워진다. 태양빛을 달빛이 대신하고 별빛이 대신한다. 은은한 느낌의 달과 별의 포근함이 온다. 일을 마치고 귀가하여 모두들 휴식을 취한다. 물론 밤까지 일하는 존재들도 있지만 대개 밤이 되면 안정을 취하곤 한다. 요즘은 많은 사람들이 명상을 한다. 명상의 효능이 알려지고 이런 저런 접근법이 보편화되면서 명상을 하는 사람들이 늘었다. 어려운 것이 아니다. 명상을 하면 치유능력이 발화된다. 이런 저런 명상법과 치유에 관해 글을 올려본다.

명상치유 - 통섭적 접근

명상치유란 모든 질환의 치유에 명상을 접목한 것이다. 곧 어떤 병이든 바른 방법으로 명상을 동반하면 증상이 호전되고 치유가능성이 높아진다. 대단한 치유력을 발휘할 수 있다. 무협지나 사극을 보면 폭포수나 조용한 곳에서 운기조식 혹은 수련을 한다. 명상을 하는 것이다. 운기조식이란 기운을 운용하고 호흡을 조절한다는 뜻이다. 특별한 방법이 있는 것이 아니다. 명상 게시판에 소개한 여러 가지 명상법들을 실행하면 된다. 어떤 병에 어떤 명상법이 어울릴까?

화두는 대부분의 뇌질환과 정신질환에 특효가 있다. 특히 파킨슨병이나 헌팅턴무도병 등의 뇌질환과 조현병, 다중인격장애, 틱 장애 등의 치유에 효과가 좋다. '나는 누구인가? 나는 바른 길을 걷고 있다'라고 읊조리고 시작한다. 고치기 어렵다고 소문난 이 난치병들이 '본질의 나'를 부정해서 생기는 병인 것이다. 화두 명상법을 병행하면 어느 날 갑자기 병이 사라지는 현상이 일어난다. 깨달음인 것이다. 존재의 바른 자세와 바른길을 나아가는 것이 핵심이다.

수식관정신통일과 알아차림(위빠사나) 등의 집중훈련은 담적과 식적 곧, 간경화와 소장소화불량 등의 증상에 효과가 좋다. 정신질환은 주의력결핍 과잉행동장애(ADHD)와 무기력증에 효과가 좋다. 말 그대로 세상과 존재에 집중함으로써 흩어진 존재의 가치를 모을 수 있는 것이다.

묵상기도는 대장질환과 기관지 질환에 효과가 좋다. 스스로의 마음을 내려놓고 비워간다. 절대신에 의지하며 겸손과 용기를 배워간다. 오만을 걷어내고 세상의 법칙과 가치에 대해 감사함을 배워간다.

감각명상은 심장질환과 순환계 질환에 좋다. 호흡과 감각에 집중하며 장기의 순환을 통찰해갈 수 있으며, 심장의 박동과 흐름을 기민하게 조화롭게 변화시킬 수 있는 능력을 개발해 나갈 수 있다.

바른 명상의 자세에 대해 명상 게시판의 글을 읽으며 병을 치유함에 있어 통섭적으로 접근, 적용해 나아가면 어느 날 인체에서 용솟음치는 묘한 촉감과 묘한 작용을 개발하며 무협지나 판타지에 나오는 것과 같은 명상작용을 경험해 갈 수 있을 것이다. 치유에 자신감이 솟아나며 드디어 불치병은 없다는 것을 깨닫게 된다.

반가사유상

그대여
고개를 들어보오
천년동안 감은 눈을 떠 나를 바라보오

83호여
그대의 이름은 무엇이오?
많은것을 원하지 아니하오
그저 한마디 해주오

존재여
미소가 아름다우오
상념이 해소되었소?
나에게도 답을 주시오

오 그대여
나는 그대 주위를 배회하오
모두가 오고감을 행할 때
나만 홀로 그대 곁에 있소

그러니 이제 한마디 해주오
무슨 말이라도 좋소
이렇게 시간이 흘러감을 견디고 싶소

바른길의 위대함

바른길로 가는 존재는 신성하다
신성한 위대함을 창조한다
계속해서 노력한다
마땅히 가야할 길을 나아간다

바른길로 가는 존재는 광명하다
완전한 빛을 향해간다
계속해서 인내한다
영원한 길을 나아간다

바른길로 가는 존재는 아름답다
영롱한 실재를 창조한다
계속해서 안내받는다
거듭난 신으로 변모한다

어떤 것도 하기 싫을 정도로 무료할 때가 있다. 왜 이리 몸이 무겁고 마음이 축 쳐지는지 귀찮고 힘이 없다. 증상이다. 치유가 가능할까? 올바른 마음가짐과 바른 길을 선택하여 계속해서 노력하는 존재는 위대하다. 일어났다. 샤워를 하고 따뜻한 차를 한잔 한다. 간단히 스트레칭을 하고 집을 정리한다. 그리고 앉아서 명상을 한다. 집착하여 구하지 아니한다. 의존하지 아니한다. 상을 그리지 아니한다. 몸을 가다듬고 자연스레 호흡하며 존재의 감각을 살핀다. 감각이 계속해서 존재하며 느껴진다. 존재의 감각에 과하게 집중하거나 집착하지 아니한다. 존재의 감각을 무시, 방관하지 아니한다. 내맡김 하지 아니한다. 중용의 자세이다. 지혜이다. 집중력이 흐려지고 잡생각이 많아지면 다시 자연스럽게 호흡해 본다. 바른 마음가짐과 계속적 노력이 중요하다. 조급해 하지 아니한다. 적당한 선에서 일어난다. 스트레칭을 하고 간단히 체조나 태극권을 한다. 글을 써본다. 삶의 지혜를 계속해서 가꾸어 나간다. 개운해져 간다. 만성피로라는 증상이 있다. 대개 과로가 원인이다. 만성피로에 대해 고찰한 내용을 카페에 올려본다.

만성피로의 치유 - 여유와 끈기

만성피로는 많은 사람들에게 따라다닌다고 한다. 그러나 모두가 그렇지 않다는 것을 본다. 어떤 이가 만성피로에 시달리는가? 끈기와 인내가 없는 이들에게 따라다닌다. 끈기와 인내가 있으면 일을 계속해도 피로가 해결된다. 정화능력이 뛰어나기 때문이다. 정화능력은 끈기와 인내가 있는 이들에게 더욱 빛을 발한다. 또한 끈기와 인내가 있는 이들은 여유로운 삶을 이끌어갈 수 있다. 끈기와 인내란 무엇인가? 세상과 존재의 흐름을 통찰하여 이끌어갈 줄 아는 능력이다. 흐름에 내맡기거나 휘둘리지 않는다. 세상과 존재를 통찰하기 위해 노력한 존재들이다. 구도의 정도가 앞선 존재들이다. 언제나 함께하는 세상의 가르침을 안내받고 존재의 바른길과 바른 자세를 추구하며 노력하는 존재들이다.

만성피로가 왜 쌓이는가? 스트레스이다. 스트레스라는 개념은 상대적이다. 상황을 어떻게 인지하는가에 따라 스트레스의 정도가 다르다. 사람마다 다르다는 뜻이다. 스트레스를 일으킬 만한 스스로에 대한 오만을 버려야 한다. 오만하면 스트레스가 많다. 마음대로 안 된다고 생각하기 때문이다. 자기 생각이 거의 맞다고 생각하기 때문에 그대로만 하려고 하고, 모른다는 것을 인정하려 하지 않는다. 그 때문에 대인관계나 일의 과정에서 마찰이 많이 일어난다. 이러한 본인 스스로의 상황을 인지하여 교정해야 한다. 스스로 인지하여 교정하는 것이 핵심이다. 그래야 정화능력이 다시 살아난다.

작은 것과 큰 것이라는 세상의 상을 그리지 않아야 한다. 작은 일은 나중에, 큰일은 먼저라는 상을 그리며 큰일 먼저 해야 한다며 작은 일이라고 상을 그린 상황들을 무시한다. 세상에 작은 일과 큰일이라는 상황은 없다. 모든 것이 소중하며 뜻이 있는 일이다. 왜 그러한가? 삶은 연속이지 불연속이 아니다. 모든 것과 모든 일이 유기적이다. 어느 하나 관련 없는 것이 없다. 지나가다 보는 돌멩이에도 뜻이 있다. 바로 세상의 법칙과 절대신에 대한 감사함이 빠진 것이다. 세상의 법칙을 모른다고 무시하는 것이다. 교정해야 한다. 세상의 법칙에 대한 객관적 가능성을 고려해야 한다.

여유를 가지려면 돈이 많아야만 한다고 생각하는 습관을 고쳐야 한다. 돈이 많으면 좋지만 돈이 많아야만 삶을 영위할 수 있는 것은 아니다. 돈은 움직인다. 많든 적든 그것은 유동성을 띤 자산이다. 그 때문에 집착하지 않아야 한다. 조금만 노력하면 상대적으로 적은 돈으로 여러 물건들을 사고 여러 가지 세상을 경험할 수 있다. 돈에 대한 집착은 욕심에서 생긴다. 욕심은 어떤 것이든 버려야 한다. 욕심이 있어야 욕망이 있고 삶의 원동력이 되는 것이 아닌가 하는 생각을 버려야 한다. 삶의 원동력은 욕심이 아니라 스스로와 존재 그리고 세상을 사랑하고 존중할 줄 아는 존재의 신성에서 나오는 것이다. 존재의 신성에 대해 객관적 가능성을 고려해야 한다. 그래야 정화능력이 제대로 작동한다.

수지침을 사서 팔꿈치 부분의 곡지혈에 자침하면 스트레스 해소에 도움이 된다. 한의원 가서 침을 맞아야 하는 것 아닌가? 할 것 없다. 수지침은 안전하다. 짧은 길이의 침이다. 왼쪽 팔의 곡지혈에 침 하나만 자침해도 도움이 된다. 피로회복제로는 딸기와 키위가 좋다. 과일을 먹어주면 만성피로의 해소에 도움이 된다.

희망의 날개

희망의 날개를 편다

세상을 헤쳐간다

구름을 타고 간다

바람을 안고 간다

언제나 바르게 간다

봄비

이 내리는 비를 맞으며

빗방울의 고통을 배운다

빗물인지 눈조각인지도 모른 채

나는 씻겨지길 바란다

겨울의 마지막 신음은

따사로운 봄빛을 연주한다

새싹 솟아오르고

연분홍 진달래 피는 봄이 찾아온다

지금 이순간의 고통은

모든 사랑과 희망의 근원이다

그것을 깨달은 나는

그리고 우리는

해낸다

구도(求道)란 무엇인가? 존재의 깨달음을 위하여 노력하는 과정이라 본다. 존재의 깨달음은 완벽함을 의미하지 않는다. 완벽함이란 단어로 구도의 끝에 대한 상(相, Image)을 그리지 않아야 한다. 어느 한적한 마을의 나무 한 그루. 지나가는 사람들을 바라본다. 지나가는 사람들은 지나간다. 나무는 과연 어떤 마음일까? 언어로 형용할 수 없는 질문이다. 구도자는 깨달음을 위해 노력한다. 깨달음이 무엇일까 고민한다. 언어로 형용할 수 없는 질문을 한다. 나무는 어떤 마음일까? 나의 마음도 깨달음을 위해 노력하면 나무와 같은 마음이 될 수 있을까? 지나간다. 내가 생각을 하며 지나간다.

"집착하여 구하지 말라, 의존하지 말라, 상을 그리지 말라. 깨달음의 상을 그리지 말아야지!"

성찰했다. 괜히 입가에 미소가 살아난다. 나무가 예쁘다. 바람이 시원하다.

아침이면 꿈에서 깨어난다. 항상 꿈을 꾸는 것은 아니지만 꿈을 꾸다가 눈을 뜰 때면 기분이 묘하다. 눈을 뜨고 꿈이었다는 것을 알게 되었을 때 여러 가지 묘한 상념과 느낌이 닥쳐온다. 문득 무서운 생각이 스친다. 삶이 물거품과 같은 것이 아닐까? 아니다. 분명 아니다. 삶이 물거품과 같이 허무하다고 주장하는 존재들이 있다. 조심해야 한다. 삶이 물거품과 같다면 존재할 필요가 없지 않은가. 삶의 가치를 외면하고 허망한 의미 없는 물거품이라 단정 지어버리는 마음가짐을 조심해야 한다. 삶의 가치를 배우고 깨달아가야 한다. 계속해서 노력해야 한다.

소중한 삶

공원의 벤치에 누워
이어폰을 끼고 하늘을 바라본다
하이얀 구름들

구름아 퍼져라
구름아 흩어져라

되는 거 같기도 하다
왼쪽으로 흘러만 간다
흘러 흘러 어디로 가는가
생각이 스쳤다

지구는 스스로 그리고
함께 돌고 있다
구름이 멈추더니 지구를 본다
나는 지구라는 행성을 본다

나는 지구를 품고 돌고 돈다
그렇다
나는 지금 지구를 품었고
또 삶이라는 소중함을 품었다

요가예찬

빚는다
이리 꼬고
저리 비틀고

살결이 뼈와 하나 되어
나는 반죽이 되었네
오늘은 무엇을
내일은 어디를

이것은 존재의 도예
오장육부 싸악 정화되어
나는 행복해지리.

오만가지 상념 털어내고
존재 마디마디를 열어
나는 내 본질과 만나리

어느새 김장이 끝나고 눈 내리는 겨울이 되었다. 겨울은 안식의 계절이다. 사람들이 몸을 추스르고 안정과 면식을 취한다. 이런 계절에 특히 조심해야 할 것이 있다. 바로 몸이 굳는 것이다. 몸이 굳으면 여러 가지 병에 취약해진다. 특히 디스크나 마비증상은 흔한 질병으로 알려져 더욱 조심해야 한다. 흔하다는 말이 방심을 불러일으킬 수 있기 때문이다. 겨울에는 일할 때도 조심해야 한다. 한파와 폭설이 겨울의 모습이다. 자연의 섭리를 너무 무시해버리면 사고가 날 수 있다. 겨울이 긴 나라에서는 겨울 운동들이 많이 발달했지만 요즘은 코로나로 인해 어디에서도 활기찬 겨울 모습을 찾아보기 어렵다. 일과 외에 집에서 안식을 취하는 것이 코로나를 물리치기 위한 최선책이다. 집에서 귤을 까먹으며 책 한권 본다거나 휴대폰으로 유튜브를 시청한다거나 TV를 시청하거나 영화를 보기도 한다. 담소를 나누고 게임을 하거나 또 다른 일을 하기도 한다. 여러 모습들이 있을 것이다. 나는 오늘도 명상을 한다. 눈이 많이 내리는 오늘 눈을 감았다. 밖은 하얀 눈이 쌓여 창호지 같은 느낌의 풍경이다. 내 마음속에도 눈이 내릴까?

아른거린다. 파노라마가 아른거리고 깜박깜박하는 빛의 물결이다. 눈이 내리는 안식의 느낌도 난다. 이내 갈등과 번뇌가 찾아왔다. 살이 부쩍 쪄서 이를 빼야겠다는 생각과 이렇게는 안 되겠다는 느낌이다. 이렇게 살이 찐 적은 처음이다. 활발한 편이었던 내가 약 1년 반 전부터 갑자기 살이 찌더니 지금은 배가 많이 나왔다. 비만은 질병에 속한다. 이에 번뇌가 찾아왔다. 날이 좋아지면 운동을 꾸준히 해야겠다는 마음이다. 카페에 척추디스크와 루게릭병에 관한 글을 올리기로 했다.

척추디스크 치유 - 편견의 타파

척추디스크를 포함한 척추질환은 대개가 세상의 불만과 환상에 대한 망상에 원인이 있다. 이런 존재는 바른 자세를 유지하기 힘들어진다. 그래서 척추에 무리가 가게 되어있다. 세상의 불만과 환상에 대한 망상의 첫 번째 증상은 내가 무조건 맞다고 생각하는 오만이다. '나는 무조건 맞아 왜냐하면 나는 경험을 했기 때문이야'라고 함부로 단정 지어 버린다. 교정해야 한다. 두 번째 증상은 '다 아니까 재미없어'라고 또 단정 짓는다. 세상의 가치를 무시하는 것이다. 왜 다 안다고 생각할까? 너무 오만해서 그렇다. 무언가 자기가 남들보다 잘한다는 사실에 감사하고 겸손해질 수 있어야 한다. 세 번째 증상은 비웃음이다. 뭐든 비웃는다. '저거 자랑하려고 그래, 혹은 저놈 저거 또 잘났다고 뻰지르하게 구네'라고 단정 지어 버린다. 그냥 무조건 자기가 맞고 자기가 잘났다고 생각하는 것이다.

이런 편견과 잘못된 습관들, 오만함을 고쳐야 한다. 또한 이러한 오만함 때문에 자기보다 무언가를 잘하는 상대를 보면 쉽게 패배주의에 빠져든다. 그리고 또 바른 자세를 유지하기 힘들어진다. 반복이다. 계속해서 삐딱하고 움츠린 자세와 무게 실린 자존심을 신체에 강요한다. 당연히 척추질환으로 이어질 수밖에 없다.

어떠한가? 물리적 질환이라 여겨지는 척추질환이 근본적으로 이런 편견에 연유한다는 것을 통찰한다는 것은 겸손해진다는 것을 의미한다는 것을 인정할 수 있겠는가? 인정해야 한다. 또한 이런 편견과 잘못된 습관은 역시 업(Karma)과 깊고 유기적인 관련이 있다. 과거 생을 부정하면 안 된다. 업의 성질 중 하나는 에너지의 이동이며 확산이다. 그것을 무시하며 '그런 게 어디 있어?'라고 비아냥대면 시련과 변고로 이어질 뿐이다.

잘못된 존재의 자세를 바로잡으며 신체의 자세도 바로잡기 위해 노력해야 한다. 적절한 운동을 하며, 병원에서 가르쳐주는 자세운동을 정갈하게 해야 한다. 뭐든 지나치거나 모자라지 않게 조심해야 한다. 언제나 함께하는 세상의 가르침을 부정하지 않아야 한다. 겸손이며 용기이다. 그것이 빠진 것이다. 척추질환을 겪는 모든 존재는 장기가 원활히 작용하지 않는 증상이 있다. 그 때문에 마음을 내려놓을 수 있어야 한다. 또한 마음을 비워가야 한다.

루게릭병의 치유 - 세상을 등진 병

루게릭병으로 알려진 근마비증은 근육이 점차 마비되어 온몸의 장기와 호흡까지 원활히 작용하지 않아 결국에는 죽음에 이른다는 난치병으로 알려져 있다. 루게릭병의 원인과 치유법은 현재 진행형이며 명확히 파악된 것이 없다고 알려져 있다. 그러나 병의 원인과 치유법은 존재한다. 존재가 삶을 살아가는 자세가 무너지면 병이 찾아온다. 루게릭병의 원인 중 하나는 세상을 등져버림이다. 교정해야 한다. 세상 모든 존재는 삶의 소명이 함께한다. 삶의 소명은 삶의 가치를 찾아가는 과정과 함께한다. 존재 개인만의 삶에서 함께하는 삶으로 나아가야 한다. 세상의 법칙이다. 이를 부정하지 않아야 한다.

루게릭병에 걸리는 존재는 삶의 소명을 부정함과 동시에 타인의 삶을 부정한다. 존재 본인의 삶이 전부라 여긴다. 그 때문에 삶을 착취와 승부라고 결론짓는다. 세상과 삶의 큰 사건만이 전부라 여기며 '큰일과 작은 일'이라는 상을 그려버린다. 곧 삶의 소중함이 모든 것에 함께 한다는 것을 모르는 것이다. 또한 억압한다. 본인이 원하지 않는 상황을 극도로 부정하여 타인을 억압하고 짓누른다. 그것이 습관으로 이어져 버린 것이다. 때문에 운동신경세포가 극도로 과부하된 것이다. 움직임이 지나치다는 뜻이 아니다. 온 신경을 존재와 세상을 억압하는데 쏟아붓는 어리석음의 대치작용이다.

사랑에 대한 오류도 원인이다. '무조건 편들고 무조건 고쳐주고 무조건 다 해주면 존재가 바른길로 나아갈 것이며 이것이 사랑이라는 잘못된 생각'을 한다. 마땅히 나아가야 하는 바른길로 나아가지 않는 존재는 어리석은 존재이다. 이들을 편들어주면 본인도 모르게 물드는 것이다. 특히 루게릭병의 원인이 되는 이유는 바른길이 아닌 존재들의 타락을 무조건 받아주기 때문이다. 대자연이 그러지 말라고 경고하며 타락한 존재들의 어둠을 파멸하라고 깨달음을 안내하는데 이를 부정하는 것이다. 이 때 경직되는 작용이 일어나며 인체가 변화하는 것이다. 사랑은 세상과 존재에 대한 객관적 통찰, 지혜, 현명함이 함께해야 한다.

루게릭병에는 욱하는 분노조절장애가 함께 따라다닌다. 근육을 관장하는 유기적 작용 중 간이 고장 나기 시작하면 존재의 화병을 조절하는 능력 또한 고장 나는 것이다. 심호흡을 하며 참아내는 방법을 배워가야 한다. 간은 대사, 해독작용 및 살균 등의 주요기능을 담당한다. 나무의 성질을 적용하는 인체 교정 작용을 담당한다. 루게릭병으로 간이 고장 나기 시작하면 학문에 대한 열망이 솟아나곤 한다. 대자연의 가르침인 것이다. 대자연의 가르침을 부정하면 열망이 과부하되고 무력감에 빠져 학문을 부정해버리곤 한다. 물리학자 스티븐 호킹 박사는 이 열망을 부정하지 않고 병에 굴하지 않은 것이다. 그러나 그가 완치되지 않은 이유가 분명 존재한다. 알려진 긍정적인 면만을 맹목적으로 추종하면 안 된다. 흥미가 가는 학문을 읽고 공부하며 기쁨을 가지면 증상이 나아지고 마비가 덜 진행된다.

세상을 등진 자세와 타인의 삶을 부정하는 자세를 교정해야

되는데 쉽지 않다고 생각할 수 있다. '삶의 소명으로 어떻게 나아가지? 근육도 마비되어 가는데…'라는 생각이 들 수 있다. 그러나 역시 존재의 바른 자세와 바른길로만 나아가겠다는 선명한 실천이 있으면 삶의 소명을 안내받아가게 되어있다. 부정적 세계관을 고치고 존재의 삶에 언제나 함께하는 배움을 깨달아야 하며, 세상의 법칙과 절대신을 부정하지 않아야 한다. 특히 업(Karma)을 부정하며 존재의 생이 현재 생 한번뿐이라는 생각을 교정해야 한다. 그래야 운동신경 세포가 바로 작용하는 것이다.

마사지를 해야 한다. 림프절의 순환을 원활하게 해야 한다. 루게릭병에 대치되는 부위는 서혜부이다. 서혜부를 꾹 누르고 있으면 옆통수 쪽으로 압력이 올라오며 존재의 생멸이 활성화되는 느낌을 받을 수 있다. 초기라면 스스로 눌러주고 마사지할 수 있지만 스스로 움직이기 힘든 상황이라면 주위에 도움을 요청해야 한다. 매우 정중하게 부탁을 해야 한다. 바르게 부탁할 수 있는 자세도 치유의 과정이다. 서혜부 외에 옆통수와 무릎의 바깥쪽 눌러서 아픈 부위를 지속적으로 마사지 해주면 좋다.

'운동신경세포가 고장 나는 병이고, 뇌와 신경계통의 질환이라 고쳐지지 않는 것 아니야? 제대로 된 약도 개발 안 되어 있고…'라고 푸념하지 않아야 한다. 병의 상(相, Image)을 그리지 않아야 한다. 세상에 불치병은 존재하지 않는다. 말기암 환자도 일어날 수 있다. 존재의 생멸이 위대하기 때문이다. 세상에 언제나 함께하는 배움이 존재한다는 뜻이다. 스스로 깨닫고 통찰해내고 변화해야 치유가 된다. 물질의 변화에 따른 인과관계 논리의 틀을 벗어나야 한다. 내가 모른다는 것을 인정해야 한다. 겸손해야 삶의 가치를 깨달을 수 있다. 꾸준한 노력이 해답이다. 잘못된 존재의 자세를 교정하며, 적절한 운동과 스트레칭, 마사지를 해주고, 적절한 식습관과 처방약을 복용해줘야 한다. 바른 노력은 좋은 결과를 동반한다. 뇌와 신경계통이라 난치병 혹은 불치병일거야 라는 편견을 스스로 교정해갈 수 있을 것이다.

계속 마비가 찾아오고 치유되지 않는다는 것은 존재가 변화하지 않았기 때문이다. 통섭적으로 접근해야 치유가 된다. 존재는 언제나 완치의 가능성이 열려있다. 이를 깨달아야 한다. 치유가 불가능하다는 편견이 가장 큰 오류 중 하나이다. 오늘 당장 가능성에 대한 객관적 고려를 해보자.

비움을 위한 비움의 집착

눈앞이 아른거렸다

나의 이런 상황을 설명할 수가 없는 거다

과학을 읽고 철학을 읽고 타인을 읽는다

어렴풋이 무언가 잡힐 듯이 다가왔다가 가버린다

나만 중요한 내가 이기적으로 보이려 한다

내가 아닌 존재를 이해하려 한다

나는 아직 멀었다 생각한다

고통스럽다

마음이 고통스러운 것이 진짜 괴로운 거라 생각했다

육체적 고통이다

육체적 고통을 즐긴다고 다짐한 적이 있었다

그것을 괴로워하는 내가 괴롭다

비움을 원한다

나는 진심으로 비워지길 원한다

더는 맑아지기 힘들어 보이는 눈망울처럼

오만가지 집착일지 모를 상념을 비우고 싶어한다

비움을 원한다고 한다

맑아지고 싶다 한다

본연의 모습을 원하고 바란다고 한다

그래서 비우기 어려운가

비움을 원하면서 집착하고 있다

집착이 있기에 그것은 비움이 되기 어렵다

이런 생각들과 함께 존재하기에

비움을 위한 비움을 집착한다

그러하기 때문에 비우지 못하고 있다

폭설이 좀 잠잠해진 오늘은 딸기를 수확하는 날이다. 겨울이 되면 비닐하우스에 딸기를 재배해서 수확하고 수매한다. 우리 집에서 딸기를 재배한 지 벌써 약 25년이 넘었다. 부모님과 할머니는 딸기 전문가가 되셨다. 나는 집에 내려 온 지 얼마 되지 않아 딸기를 수확할 때면 나르는 일이 주를 이룬다. 딸기를 수확하면 선별하고 딸기 용기에 담아야 하는데 이때 딸기를 나르는 작업이 나의 주 작업이다. 그리고 딸기를 직접 수확하기도 한다. 딸기 수확하는 일에 생각보다 여러 가지 작업이 존재하는 것이다. 딸기를 나르다가 먹고 싶으면 하나씩 먹는데 그게 그렇게 맛있다. 부모님께서 딸기를 겨울에 하셔서 집안 경제에 많은 도움이 되었다고 말씀하셨다. 학교 다니고 직장 다니면서 부모님께서 재배해주신 딸기를 맛있게 먹을 수 있었다. 문득 딸기를 안 했더라면 부모님께서 어떤 일을 하셨을까? 생각해본다. 아마 다른 여러 가지 일을 하셨을 것 같다. 나는 지금 글을 쓰고 있다. 딸기를 수확하고 나서 산책하고 집에 들어왔다. 역시 눈을 감는다. 명상에 잠긴다. 고추를 수확할 때처럼 딸기도 간간이 보이긴 하지만 딸기는 다른 종류의 작용으로 명상을 선정해 두었다. 그래서 마니주는 아니다. 마을 정경도 잠깐씩 스친다. 딸기를 수확하고 판매하는 모든 작업의 직업인들을 떠올려본다. 정말 많은 존재들의 손을 거친다. 직업에 삶의 소명의식이 필수인 것은 당연한 말이다. 직업뿐만이 아닌 삶에서의 소명은 정말 중요한 가치이다. 오늘은 부의 불균형에 관해 글을 올려 본다.

부의 불균형의 타파 - 삶의 소명

자본주의 사회의 숙명과도 같은 부의 불균형의 해결은 삶의 소명을 이끌어내는 정책에 있다. 바로 기회의 균등과 가차 없는 처벌이다. 기회가 균등하고 이를 어기는 자들을 가차 없이 처벌하면 삶의 소명을 이끌어낼 수 있는가? 그렇다. 기회란 존재의 존엄이다. 누구나 기회가 있어야 건강한 사회이다. 그리고 존재의 존엄을 해치는 자들은 가차 없는 형벌로 다스려야 한다. 현재의 법치는 처벌이 너무 가볍다. 함무라비처럼 눈에는 눈, 이에는 이 정도는 아니더라도, 존엄을 해치는 존재들에게 오랜 기간의 감금을 판결해야 한다.

어떤 기회가 있어야 하는가? 사람답게 살 수 있는 존엄을 해결해 주고, 직업으로 부를 창출할 수 있는 기회가 주어져야 한다. 사람답게 살 수 있는 존엄은 기본권을 의미한다. 직업으로 부를 창출할 수 있는 기회는 장인제도를 의미한다. 기본권은 의·식·주에 국한되지 않는다. 바로 생활이 가능한 기본비용을 국가에서 충당할 수 있을 만큼의 과학기술을 의미한다. 과학기술이 핵심이다. 그것이 충당되어야 한다. 그래야 골머리를 앓게 하는 집값도 잡을 수 있다. 왜냐하면 교통과 생활권에 인접한 주거의 개념이 사라질 만큼의 과학기술이 가능하기 때문이다. 바로 3D프린터의 고급화이다. 3D프린터로 인공지능이 겸비된 많은 제품을 만들어낼 수 있다.

처벌은 왜 가차 없어야 하는가? 다시는 나쁜 짓을 못 하게 막기 위해서이다. 허망한 존재가 되어 범죄를 저지르는 첫 번째 이유는 욕심이다. 그리고 두 번째는 이기심이다. 세 번째가 비사회성이다. 이러한 범죄자의 요소를 갖추는 이유가 존엄이 무너질 만한 가정과 사회적 환경을 경험하기 때문이다. 운이 없다기보다는 타고난 업(Karma)에 의한 영향이다. 이성으로 마음을 다잡고 바른 자세로 삶에 임하면 범죄를 저지를 여지가 생기지 않는다. 허망한 존재가 되어 범죄를 저지르면 가혹한 처벌로 기회를 없애버려야 한다. 그래야 자신의 존엄 또한 무너지는 경험을 하게 되고 반성한다. 이를 보게 되는 구성원이 다시는 범죄를 저지를 생각을 못 하는 사회 분위기가 창출될 수 있다.

결국 부의 불균형의 타파는 과학기술과 가차 없는 법치주의에 달려있다. 과학기술은 통일장 방정식의 응용에 달려있고, 법치주의는 강력한 군주의 리더십에 달려있다. 민주주의 사회에서 법을 바꾼다는 것은 보통 일이 아니다. 카리스마 있는 군주의 강력한 언어와 각종 열쇠를 쥔 능력이 있어야 가능한 일이다. 왜냐하면 세상의 흐름이 가벼운 처벌로 가고 있기 때문이다. 다시 가차 없는 처벌로 가야 한다. 그래야 중대범죄자가 나올 가능성이 줄어든다. 안전한 사회가 되는 것이다.

마지막으로 이런 것들이 삶의 소명과 어떤 관련이 있는지 알아야 한다. 노블리스 오블리제라 불리우는 소명의식이 필요하다. 사회적 기업이라 불리는 기업을 창업할 수 있게 도와줘야 하고 그러한 기업들에 지원을 많이 해줘야 한다. 장인정신을 갖춘 이들에게 자격증을 부여하여 그에 걸맞은 임금을 지불할 수 있어야 한다. 그러한 부를 갖추어야 한다. 이러한 사회의 구성원은 삶의 소명인 가치와 아름다움에 대해 깨달아가게 된다. 곧 구도자로 거듭날 가능성이 높아진다는 의미이다. 구도자는 절대 세상을 등지지 않는다. 세상의 안녕을 모든 면에서 도모하는 자가 되어간다는 의미이다.

TV에서 범죄자들의 이야기가 간혹 나온다. 그럴 때는 마음이 썩 편치 않다. 왜 범죄를 저지르는 것일까? 그들은 왜 허망한 존재가 되었을까? 범죄라는 것을 규정하는 것은 쉬운 일이 아니다. 사회가 용납하는 한 어떤 것은 범죄가 될 수도 있고 아닐 수도 있다. 예를 들면 여러 가지 폐지된 죄들이다. 그 외에도 사회 구성원이 서로 협력하여 살아가는 데에는 여러 가지 법치가 필요하다. 세상의 안녕까지 이어지는 것이다. 허망한 존재가 되지 않으려면 스스로 성찰하는 좋은 습관을 가져야 한다. 그래야 안 좋은 마음이 일어나도 곧바로 성찰하고 반성할 수 있다. 범죄자들이나 타인을 저주하는 안 좋은 마음을 지닌 존재들이나 허망한 존재인 것은 자명하다. 그들의 본성은 어떨까? 생각해본다. 성선설과 성무선악설, 성악설이 존재한다. 나는 성무선악설이 맞다고 본다. 왜냐하면 인생은 스스로 개척해가는 것이기 때문이다. 존재에게는 누구에게나 신성과 신성의 가능성이 있다. 존재가 스스로를 가꾸어 나아갈 때 빛이 나지만 스스로 무너지면 존재가 어둠으로 타락하는 것이다. 사회적으로 그리고 암묵

적으로 악명을 떨친 자들이 반성하고 새로운 존재로 거듭나기를 바란다. 허망한 존재에 대해 카페에 글을 올린다.

허망한 존재의 타락

허망한 존재는 바른 자세와 바른길을 나아가지 않는다. 어리석은 마음으로 잘못된 길을 나아가 범죄와 저주를 일삼는다. 스스로와 타인의 안녕과 세상의 안녕을 해친다. 이러한 존재는 타락한 존재이다. 도대체 왜 그러한 선택을 하는가? 대다수는 이기심과 욕심으로 시작한다. 그것이 극악무도한 저주로까지 이어지는 것이다. 이런 존재들을 어떻게 구별하는가? 첫 번째는 존재의 느낌과 모습을 살펴야 한다. 두 번째는 대화를 해보아야 하고, 세 번째는 움직임과 생활의 면면을 살펴보아야 한다. 왜냐하면 이러한 존재들이 피해를 주고 저주하는 것을 타파하고 안전을 지키기 위해서이다.

허망한 존재로 타락하면 절대신은 이러한 존재들에게 처벌을 내린다. 업이다. 죄에 대한 응보이다. 스스로 멸하는 절차를 밟는다. 시련과 변고를 이겨내기 어렵다. 그러나 기회가 누구에게

나 존재한다. 세상의 법칙이다. 언제든 마음자세를 고쳐먹고 바른 자세로 바른길을 나아가는 선택을 한다면 다시 일어날 수 있다. 물론 타락을 경험한 존재는 쉽지 않을 것이다. 그러나 노력해야 한다. 그것이 세상의 법칙이다. 바른길을 나아가는 존재는 축복과 법력으로 스스로와 세상의 안녕을 도모할 수 있지만 어리석은 선택을 한 존재는 이기심과 욕심으로 인한 범죄와 저주로 안녕을 해치는 것이다.

어떻게 다시 일어나야 하는가? 타락한 존재는 스스로 반성해야 한다. 반성이란 스스로의 잘못을 깨닫고 다시는 그런 선택을 하지 않도록 마음먹는 것이 선행되어야 한다. 그리고 통렬하게 스스로를 꿰뚫어야 한다. 반성을 진정성 있게 해야만 다시 일어날 수 있다. 변화하도록 계속해서 노력을 해야 한다. 몸과 마음을 단련하며 새로운 존재로 거듭나기 위해 통섭적인 노력을 해야 한다. 스스로와 타인 그리고 세상의 안녕을 해쳤으니 쉽지 않은 것이 당연지사이다. 그러나 다시 일어나야 한다. 스스로 나락을 향하는 것을 막아야 한다.

업에는 병이 따른다. 몸과 마음에 병이 찾아온다. 이 병을 배움의 의미로 받아들여야 한다. 우울증이 찾아오면 내가 스스로와 타인 그리고 세상을 우울하게 만드는 짓을 했구나, 하며 성찰해야 한다. 소화불량이 찾아오면 역시 내가 메스꺼운 행동을 했구나, 성찰해야 한다. 난치병이나 불치병이 찾아와도 내가 그만큼 이러한 나쁜 짓을 했구나, 반성하고 성찰하여 변화를 도모해야 한다. 병에는 항상 가르침이 함께한다. 본 카페 게시판의 글들을 읽으며 노력하면 좋다. 언제나 함께하는 세상의 기회와 가르침, 찬란함을 잊어서는 안 된다. 새로운 존재로 거듭나야 한다.

내가 지켜줄게

나만 믿어
나에겐 호랑이를 이길 힘과 스피드가 있어!

호랑이는 야밤 칠흑 같은 어둠속에서 나타났다
나는 미칠 듯한 살기를 느꼈으나 앞이 보이지 않았다
호랑이가 얼마나 가까이 왔는지 어느 방향에 있는지 알 수 없었다
나의 힘은 아무런 쓸모가 없어 보였다
호랑이는 나에게 없는 살기의 눈이 있었다
아무도 지킬 수 없었고,
주먹을 한번 휘두를 수조차 없었다
죽을지도 모른다는 극한의 공포를 느끼며 깨어났다

나는 다시 꿈속으로 들어갔다
호랑이에게 없는 제3의 눈이 나는 있다
나는 호랑이에게 외쳤다
호랑이야, 살기를 거두고 꿰져버렷!
나는 꿈속에서 용기와 패기 그리고 승리를 찾았다
호랑이는 덤비지 못했고 나는 호랑이를 단숨에 죽였다

오늘도 눈을 감는다. 명상의 가치가 얼마나 대단하길래 나는 날마다 눈을 감는가? 구도자로서 명상은 필수이다. 명상하지 않는 구도자는 없다. 마음이 갖추어지고 존재가 바른 자세로 바른길을 나아가면 잠자는 것이 곧 명상이나 다를 바 없기 때문이다. 곧 명상은 바른길을 나아가는 존재가 발휘하는 능력인 것이다. 물론 잠자는 것이 명상이나 다를 바 없다 하여 명상을 안 하는 것이 아니다. 눈을 감고 정신통일하는 시간을 가지면 좋다. 명상을 하여 어느 경지에 이르면 여러 가지 능력을 발휘할 수 있다. 예를 들어 마니주나 영롱주이다. 마니주는 앞서 소개했다. 영롱주란 존재가 발휘하는 파멸과 천공의 능력을 응축하여 만들어낸 실재이다. 어둠의 파멸과 빛의 천공을 응축한다는 것은 대단히 노력했다는 증거이다. 예를 들면 중용주의 영롱주, 태양주의 영롱주, 사랑주의 영롱주, 활력주의 영롱주, 존재주의 영롱주 등 외 무한대 종류의 영롱주가 존재한다. 이러한 능력을 응축한 영롱주는 존재의 찬란함과 영원함을 이끈다. 존재는 영롱주를 가동하고 경영함으로써 진정한 도사로 거듭날 수 있다. 물론 처음에는 이러한 능력이 있어도 그것이 무엇인지 모를 수 있다. 어느 날 법안(제3의 눈)이 활짝 열리고 완전히 개안하면 이러한 실재들의 모습을 확인할 수 있다. 영롱주가 있는 존재를 구분하는 법은 간단하다. 존재의 아우라(기운)가 아른거릴 정도로 찬란하게 보이는 것을 확인하면 된다. 그것을 속일 수가 없다. 동시에 느낌이 굉장히 부드럽고 영롱하다. 각국의 대통령이나 지도자가 풍기는 카리스마가 그것이다. 여러 국가의 지도자들이 영롱주를 가동하고 있다. 그들이 발휘하는 영롱주는 중용주의 영롱주나 태양주의 영롱주가 대개이다. 그러한 영롱주가 카리스마로 분출되는 것이다.

명상을 하면 또한 실현 가능성을 시험할 수 있는 시뮬레이션을 돌릴 수 있다고 언급한 적 있다. 시뮬레이션과 함께 주로 발휘되는 능력이 꿈을 조정하는 능력이다. 꿈을 꾸면서 어느 정도 깨어 있어서 꿈에서 여러 가지 사건을 이끌어갈 수 있다. 꿈에서 학교를 다닐 수도 있고 꿈에서 날아다닐 수도 있다. 이러한 일들이 현실과 무슨 관련 있는가 물을 수 있다. 꿈에서 학교를 다니며 여러 가지 능력을 개발할 수 있다. 예를 들면 아이디어가 샘솟는 영감의 두뇌나 무도를 잘할 수 있는 감각 있는 육체 등을 개발할 수 있다. 왜냐하면 꿈을 꾸는 것은 심령계의 사건이기 때문이다. 심령계에서 여러 존재들이 만나 서로의 능력을 공유하고 배우는 것이다. 사람들은 꿈을 그냥 꾸는 것이라 여기는데 사실은 존재의 감각을 깨우고 공유하는 심령계의 장인 것이다. 그래서 꿈해몽이 존재하는 것이다.

다시 눈을 감는다. 어느 경지에 이르면 처음에 있었던 큰 기감, 용솟음치는 기운을 덜 체험한다. 왜냐하면 빛과 소리의 파노라마로 작용이 변화하기 때문이다. 가끔은 데시벨이 매우 높은 솨~~하는 소리가 들리기도 한다. 가끔은 매우 밝은 빛의 터널이 펼쳐지기도 한다. 이런 작용이 빛의 천공작용이다. 어둠의 파멸작용과 주로 동시에 이루어진다. 언젠가 한번 나의 머리를 강타하는 매우 큰 소리가 울린펼쳐진 적이 있었다. 소리가 천둥소리만큼 컸다. 명상을 시작하기 전이었는데 나는 매우 놀랐다. 무슨 일이 있는 건가 여겼는데 몸이 가벼워진 것 외에 큰 이상이 없었다. 아, 이것이 경전에 나오는 소리의 작용이구나 하고 넘어갔다. 이런 큰 소리는 왜 경험하는가? 주로 목숨이 위태위태한 삶의 고비를 넘기는 신호라 한다. 운명은 변화한다. 존재가 스스로 이끌어갈 수 있기 때문이다. 운명이 변화할 때 이런 큰 소리가 들리곤 한다.

겨울이 되어 눈이 내릴 때면 묘하게 맑은 분위기가 펼쳐진다.

눈이 만든 분위기이다. 비가 오면 비오는 분위기가 펼쳐지고 또한 설날이나 추석 같은 명절이면 명절의 분위기가 펼쳐진다. 이 외에도 존재가, 존재들이 만들어내는 분위기가 여러 가지가 있다. 어떤 존재가 깨달음을 얻어 최고의 경지에 이르면 세상의 분위기를 바꿀 수 있다. 평화롭거나 찬란하거나 포근하거나 편안한 분위기를 이끌어갈 수 있다. 세상의 안녕에 기여하는 것이다. 그 존재가 도를 잘 몰라도 바른길을 나아가서 어느 경지에 이르면 자연스레 그러한 분위기를 창출해나가고 세상의 안녕에 기여하는 것이다. 멋지고 대단한 일이다. 게다가 모든 존재와 소통하는 분위기를 창출해나갈 수도 있다. 예를 들면 식물이나 동물들의 분위기조차 변하는 것이다. 무협지나 판타지 소설 혹은 고서에 나오는 내용이 다 사실인 것이다. 과연 그런 존재는 어떤 존재인가? 바른 자세로 바른길을 나아가서 마음을 비워내고 세상과 소통하여 본질의 나를 깨닫고 주체가 된 존재이다. 구도자로서 깨달음을 얻은 것이다. 끝이 아니다. 계속해서 노력하여 더 위대한 경지가 기다리고 있다. 그러한 경지까지 계속해서 나아가는 것이 삶이다.

명상을 오랜 기간 하면 어떻게 변화할 것인가? 라는 상을 그리지 않아야 한다. 이는 법상, 비법상을 그리지 않는 것인데, 이러한 편견을 그려버리면 진짜로 나타나야 하는 작용이 나타나지 않는다. 편견이 위대함을 막는 것이다. 모든 편견을 버려야 한다. 필자의 글을 읽은 독자께서 무슨 판타지 소설 같은 말을 하느냐고 생각할 수도 있다. 하지만 편견을 버리면 이런 것들이 사실이라는 것을 존재 그대로 느낄 수 있다. 존재가 세상의 진리에 연결되어 있기 때문이다. 우리는 무엇이 진짜인지 깨어있을 때 알 수 있는 것이다. 깨어있다는 것은 그만큼 중요하다. 깨어나지 않는 사람은 없다. 누구나 노력하며 산다. 노력하여 더욱 행복해지고 더욱더 풍요로워지길 원한다. 그것이 삶의 기본이다. 사람에 대한 편견을 버리면 사람이 신이 될 수 있다는 것을 알 수 있다. 신이라는 존재는 더 이상 생각의 틀에 갇혀있지 않는 존재이다. 그 때문에 삶을 원하는 대로 이끌어갈 수 있다.

어린 시절에는 편견이 많이 없다. 나이가 들수록 편견이 많이 쌓인다는 것은 노력하지 않는다는 뜻이다. 존재는 편견이 쌓이면 감각이 둔해지고 막혀간다. 동시에 불행이 많이 느껴지는 것이다. 편견과의 싸움이라 해도 과언이 아닌 것이 삶의 과정이다. 도를 닦는다는 것은 편견과의 싸움이 첫 번째이다. 두 번째는 스스로의 의지와 싸움이다. 세 번째는 세상의 법칙을 통찰해가는 것이다. 이러한 과정에서 존재가 깨어나고 존재가 잠드는 것이다. 깨어난 존재로 살아갈 때 자유로우며 행복해지는 것을 깨달아야 한다.

눈을 떴다. 아침이다. 밖으로 나가면 밝은 햇살이 기분을 개운하게 한다. 잠시 사색에 잠겨본다. 세상 모든 것이 유기적으로 서로를 품는다. 서로를 일으켜주며 서로를 끌어준다. 어느 하나 의미 없는 것이 없다. 흔히 악마나 마구니로 세상의 악을 표현하지만 진짜 악은 바른길로 가지 않고 어리석은 상태에 빠진 존재이다. 그들이 악마이며 마구니이다. 이 존재들이라 해서 배척하거나 배척되지 않는 것이 세상이다. 어떻게 해야 이러한 존재들에 휘둘리지 않고 또한 어떻게 해야 이러한 존재들에 좋은 영향을 끼쳐 다시 바른길로 이끌어내는 데 기여할 수 있는지 연구해야 한다. 그것이 매너리즘이나 슬럼프를 이겨내는 비법 중 하나이다. 주위에 이러한 존재가 있다면 지혜를 물심양면으로 발휘해야 한다. 무조건 좋게만 한다거나 친절하게만 하는 것은 지혜가 아니다. 살아가며 배운다는 말이 딱 들어맞는 상황이 오는 것이다.

악마나 마구니는 존재가 잘못된 길로 들어서서 만들어내는 의식의 장이다. 이를 타파하기 위해 우리는 여러 가지 기술을 배울 필요가 있다. 파사법을 익히는 첫 번째는 노력하는 것이다. 계속된 노력이다. 무슨 일을 하든 노력하는 사람은 악마나 마구니에 휘둘리지 않는다. 세상의 법칙인 것이다. 흔히 신은 공평하다는 말이 있다. 노력은 존재를 배신하지 않는다. 패배주의나 부정적 세계관에 휩쓸려 노력해봐야 아무 소용없다느니 하는 소리를 듣거나 해선 안 된다. 노력하는 사람은 언제든지 빛이 난다. 열심히 일하거나 열심히 사는 사람이 멋있어 보이는 것은 세상의 법칙이다. 언제나 노력하는 사람으로 거듭나야 하겠다.